MIT PELZ UND KRALLEN

Textfabrique51 (Hg.)

MIT PELZ UND KRALLEN

Katzen in Wort, Vers und Bild

elbaol verlag hamburg

Impressum

Rechte für diese Ausgabe:

elbaol verlag hamburg, Meldorf
www.elbaol-verlag-hamburg.de

Covermotiv:
© Elke Strackenbrock

© Illustrationen: s. Inhaltsverzeichnis

Umschlagdesign, Herstellung, Vertrieb u. Auslieferung:
BoD GmbH, Norderstedt

ISBN 978-3-939771-87-6
EUR 5,99

Inhalt

© Illustrationen:
Ellen Balsewitsch-Oldach – S. 12 u. „Vignetten“:
S. 13, 51, 63, 73, 74
Dirk-Uwe Becker – S. 19, 82
Ingrid Metz-Neun – S. 59
Elke v. d. Heide-Staacke – 66
Elke Strackenbrock – S. 68, 88

1 **Quellen:**
Schrift standard:
Georg Friedrich Wilhelm Hegel, Phänomenologie des Geistes – Vorrede
Schrift kursiv: Opensource – https://www.php.net/manual/de/features.commandline.introduction.php
Schrift fett: Gerd Wohlenberg, Klaus Wohlenberg – S. 77
Knaurs Spielebuch, ca. 1070 – S. 76

Vorwort

Bereits am 31.12.2020 lief die Frist ab, innerhalb derer man sich mit einer Veranstaltung zum Dithmarscher Kunst- und Kulturfestival KUNSTGRIFF im August 2021 anmelden konnte.
Doch erinnern wir uns: Im Dezember 2020 befand sich Deutschland im zweiten abgrundtiefen Corona-Lockdown des Jahres. Ob und wie Kulturveranstaltungen in Zukunft wieder möglich sein würden, stand in den Sternen.
Das Literaturnetzwerk Textfabrique51 aber ließ bei den Veranstaltern unverdrossen die seit 2017 in der Meldorfer Kulturkneipe Bornholdt etablierte KUNSTGRIFF-Lesebühne registrieren. Das Motto lautete: „Katzen – Mit Pelz und Krallen". Anlass für dieses Thema war der Veranstaltungstermin, der 10. August. Gab es zu diesem Datum einen bestimmten Gedenktag oder Ähnliches? Leider ergab die Internetrecherche ausgerechnet für den 10. August – nichts. Der nächstgelegene Gedenktag war mit dem 8. August der „Internationale Tag der Katze", an dem Katzenfreunde das Zusammenleben mit dem geliebten Lebewesen feiern, aber auch an die Verantwortung der Halter gegenüber ihren Schützlingen erinnern, was zum Beispiel die artgerechte Haltung betrifft. Tierschützer machen außerdem auf die Bedrohung von Wild- und Großkatzenarten aufmerksam.

Katzen – ein Thema zu dem sicher (fast) jede:r etwas zu sagen, zu schreiben und auf der KUNSTGRIFF-Lesebühne vorzutragen hätte.
Nach den ersten Monaten im neuen Jahr 2021 aber schien ein so grandioses „Gartenfest“ wie die Veranstaltung im August 2020 (oder gar eine „Indoor“-Lesebühne) mehr als fraglich. Darum beschloss die Textfabrique51 die Ausschreibung einer kleinen Anthologie, damit die Texte der Autorinnen und Autoren, die auf der KUNSTGRIFF-Lesebühne 2021 lesen wollten, nicht verloren gingen, falls Gastronomie und Kultur zu der betreffenden Zeit wieder ein coronabedingtes „Berufsverbot“ ereilen sollte.
Und hier ist sie nun. Die Beiträge der Autorinnen und Autoren (sie waren zu Gast auf verschiedenen Lesebühnen, die von der Textfabrique51 moderiert werden) sind bewusst nicht juriert – so, als wären sie am 10. August eben einfach gelesen worden. Nur ein behutsames Korrektorat und Lektorat haben sie, wo sinnvoll, erfahren. Entgegen unserer Erwartung haben sich sogar einige Illustrationen eingefunden.
Wir wünschen gute Unterhaltung mit den amüsanten, nachdenklichen, und zum Teil kabarettistischen, skurrilen Gedanken zu Katzen.

Im August 2021 *Ellen Balsewitsch-Oldach*
Dirk-Uwe Becker

www.textfabrique51.de

Ellen Balsewitsch-Oldach

Der Wintermantel

„Das Kind braucht einen Wintermantel!", verkündete meine Mutter. Meine Stimmung stürzte augenblicklich in den Keller. Denn das bedeutete: in der Adventszeit am schulfreien Samstag früh aufstehen, mit Mutter und Vater in die vorweihnachtlich überfüllte Hamburger Innenstadt fahren und sämtliche Kaufhäuser und sonstige Geschäfte abklappern, die Kinderoberbekleidung führten. Meine Erfahrung hatte mich gelehrt, dass – was immer ich an Garderobe brauchte – der Geschmack meiner Eltern komplett entgegengesetzt zu dem lag, was meine Klassenkameraden tolerieren würden, ohne mich auszulachen und wegen meiner spießigen Klamotten zu hänseln. Irgendwie neigten meine Eltern dazu, mich eher wie eine Sekretärin der frühen 1960er Jahre einzukleiden denn als achtjährige Schülerin. Meinen eigenen Bekleidungsgeschmack kannte ich kaum, denn auf derartigen Einkaufstouren war ich nur damit beschäftigt, Schadensbegrenzung zu betreiben, und häufig am Ende so erschöpft, dass ich willenlos dem faulsten Kompromiss zustimmte, der mir gerade noch möglich war.

Der Samstag verlief entsprechend meinen Erwartungen. Meine Eltern schleiften mich durch absolut jedes relevante Geschäft in der City. Ich glaube, ich habe jegliches Wintermantelmodell anprobiert, das in dieser Saison für Kinder überhaupt am Markt war. Rein in die stickige Luft des Geschäfts, rein in die muffige Enge zwischen den Garderobenständern, rausgequält aus meinem Mantel (zu eng, deswegen waren wir ja hier), Schal abgewickelt, rein in ein neues, fremdes, noch steifes Kleidungsstück. Kritische Blicke meiner Eltern. Unausweichlich: das Zupfen an den Schultern und an den Ärmelsäumen (Vater), der Strich über den Rücken zur Materialprüfung (Mutter). Dann, zu mir: „Schau doch mal, *der* ist doch schön, darin siehst du wirklich angezogen aus!" Ich, vor den Spiegel geschoben, entweder entsetzt oder resigniert und kompromissbereit (wenn das Ergebnis nicht allzu scheußlich war; dann hätte die Tortur wenigstens ein Ende). Der nächste Schritt hatte die Qualität eines Gottesurteils: der Griff zum Preisschild. Häufig erlöste mich das Ergebnis von meinen Konflikten. Manchmal war das gute Stück dann doch nicht *so* schön. Dann: raus aus der Neuware, rein in den angenehm eingewohnten Altbestand. Schal um, raus in die Kälte, zwei Häuser weiter, rein ins nächste Geschäft und ... siehe oben.

So auch an besagtem Samstag. Der Reihe nach traten alle Fälle ein, die dazu führten, dass ich – gefühlt nach Stunden – immer noch keinen neuen Mantel hatte. Einschließlich einiger erfolgreicher Versuche meinerseits, mich entschieden zu weigern, am nächsten Schultag gekleidet wie eine ju-

gendliche Bürokraft in meiner Klasse zu erscheinen.
Meine stille Hoffnung, dass wir aufgeben würden, wurde durch meinen Vater zunichte gemacht: „Es hilft nichts, dann müssen wir noch zu ‚Ludwig' fahren". Das hieß, eine halbstündige Fahrt mit der Straßenbahn in einen anderen Stadtteil und im Lieblingsladen meines Vaters nochmals dieselbe demütigende Prozedur.
Nach dem dritten inakzeptablen Mantelmodell dort wollte ich schon bedingungslos um Gnade flehen, da sah ich *ihn* in der Reihe roter, marineblauer und karierter Kindermäntel hängen: Ich schoss auf das Kleidungsstück zu, riss es vom Bügel und stürzte mich geradezu hinein. Es passte wie maßgeschneidert und ich fühlte mich einfach großartig! Ich glaube, ich habe meine Eltern noch nie so sprachlos erlebt – erstens wegen meines ungewohnt lebhaften Ausfallmanövers und zweitens natürlich wegen meines überraschenden Garderobengeschmacks: Fellimitat im Leopardenmuster!
Und da brach sich auch schon das Entsetzen Bahn – Leopardenpelz? Für eine Achtjährige? Unmöglich!!! Heute weiß ich natürlich um die Assoziation von Erwachsenen der Generation „Nitribit" zu diesem Stil. Ich war damals allerdings einfach von der Vorstellung begeistert, jeden Tag als mein Lieblingstier verkleidet zu sein: als geschmeidige große Katze (und auf Fotos sah ich später, dass der Schnitt absolut kindgerecht war). Aber meine El-

tern schüttelten nur den Kopf und erklärten die Expedition Wintermantel kategorisch für gescheitert, zumindest vorläufig. Aus der Traum – ich war am Boden zerstört.

Aber nur bis Heiligabend. Nur ein einziges Geschenk für mich lag unter dem Baum. Das Paket war groß, groß und weich … Hastig riss ich das Papier auf: DER WINTERMANTEL! Ich hatte zwar immer gefunden, Bekleidung sei kein Weihnachtsgeschenk, sondern gehörte zur Grundversorgung von Kindern durch ihre Eltern, aber in diesem Jahr hätten sie mir nichts, aber auch gar nichts Schöneres aussuchen können! Ich heulte vor Freude.

Natürlich zog ich am ersten Schultag nach den Feiertagen meine Neuerwerbung sofort an. Wie immer war ich etwas früh vor der noch geschlossenen Tür zum Schulgebäude. Meine Klassenkameraden waren auch fast alle schon da. Als sie mich sahen, war es einige Sekunden lang totenstill.

Dann brach johlendes Gelächter los. Noch nie war ich so ausgelacht worden.

Und mir – war es egal.

Ellen Balsewitsch-Oldach

Katt un Koter

En Katt un en Koter
eens maken Theoter
direkt vör mien Döör –
un mi keem dat vör,
as wenn düsse Katt
graad snackt hett op Platt.
De Koter, ok plietsch,
de anter hoochdüütsch.
Blots, wo kann dat gahn,
dat de sik verstahn?
Kiek an, wat för Saken
de twee dor *nu* maken!
So segg ik di denn:
De Leev kreeg dat hen!

Dirk-Uwe Becker

Irisgelb

Etwas kitzelte sie. Noch in der Welt des Traums unterwegs, öffnete sie halb ein Auge und blinzelte in die Helligkeit. Der Tag hatte schon begonnen. Sie hörte das Crescendo unterschiedlicher Vogelstimmen, das Klappern der Verandatür im Wind und Schritte auf der Treppe. Ihre feine Nase nahm den Geruch von Kaffee wahr, ein entsetzlich bitteres Gebräu. Sie liebte stilles Wasser aus der Leitung. Die Realität des Traums verlor mehr und mehr an Farbe und Kontrast, wurde immer transparenter, bis sich eine neue Realität, farbintensiv und mit vertrauten Gerüchen, in ihr Leben einschlich. Mittlerweile konnte sie in ihrer Nähe verschiedene Trittmuster ausmachen. Die Familie fand zusammen. Dies war die Küche und es gab bald Frühstück. Anders als in ihrem Traum war diese Welt hier geordnet und von regelmäßigen Abläufen strukturiert. Dies gab Sicherheit. Etwas, auf das man sich verlassen konnte. So wie darauf, dass, wenn man kochendes Wasser auf ein schwarzes Pulver gab, sich dieses bittere Gebräu namens Kaffee bilden würde. Diesen verlässlichen Ablauf hätte sie gerne aus ihrer Wahrnehmung gestrichen, aber dazu war sie nicht in der Lage. Zeit, endlich auch das andere Auge zu öffnen. Die Sonne schickte ihre Strahlen bereits blendend hell

durch die Lamellen der Küchenjalousie. Sie verließ das Haus durch die Hintertür.
Ein junger Vogel war gegen das Küchenfenster geflogen und lag reglos im Beet. Neugierig geworden, trat sie näher heran. Eine Amsel. Amseln sind dumm. Die sich in den Scheiben spiegelnden Abbilder der Welt halten sie für real und glauben, sie könnten einfach dorthin fliegen. Sie stippte den Vogel an. Er rührte sich nicht. Totes Spielzeug. Uninteressant. Weiter hinten im Garten, auf der gepflegten Grünfläche des Rasens, hatte sich ein Maulwurf mehrere Ausgucke gebaut. Türme aus schwarzer Erde. Wahrscheinlich kam er nachts heraus, wenn alles schlief, setzte sich im Mondschein auf einen der Hügel und betrachtete sein Reich von oben. Eine Arbeitspause. Die Gestaltung der Metro-Linien unterhalb der Oberfläche beanspruchte tagsüber seine ganze Aufmerksamkeit. Schaufeln, schaufeln, schaufeln. Verschnaufen. Schaufeln, schaufeln, schaufeln. Auf einem schmutzigen Erdhügel mit samtschwarzem Pelz die Mondstrahlen einfangen. Nein, das wäre unter ihrer Würde. Was konnte man in den endlosen, sich verzweigenden Gängen unter der Erde schon Neues, Interessantes entdecken? Um den schönen Pelz beneidete sie ihn aber. Was für eine elegante Arbeitskleidung. Aber tauschen wollte sie mit dem Maulwurf nicht. Sein Reich lag ihr zu Füßen. Ihr Reich war hier oben, wo die Natur sich vielfältig und bunt auslebte. Sie liebte die Sonne, die Bäu-

me, das Gras, das Haus. Nachts ist die Zeit der Jäger. In der Stille liegt die Kraft, die den Pfeil blindlings mitten ins Ziel treffen lässt. Das war schon so, seit sie auf der Welt war und sich erinnern konnte.

Um den Teich mitten auf dem Rasen wuchsen Binsen und Rohrkolben. Und eine gelbe Iris. Sie hatte sich sofort in diese Blume verliebt. Es gab Tage, da lag sie den ganzen Nachmittag vor dieser Pflanze und schaute sie an. Anzuhimmeln wäre eigentlich der passendere Ausdruck dafür gewesen. Das satte Gelb der Blume stach durch das Grün und Braun der Teichbepflanzung wie die Sonne durch einen mit Nebel verhangenen Vormittag. Das Auge des Teiches, nannte sie es. Sie fühlte sich aber nicht beobachtet, sondern hatte eher das Gefühl, die Pflanze wäre einsam und suchte Gesellschaft. Da hatte sie begonnen, mit ihr zu sprechen. Auf ihre eigene, geheimnisvolle Weise können Pflanzen kommunizieren. Zuerst war es ihr schwer gefallen, in dem Wirrwarr von Geräuschen, Empfindungen, Farben und Schwingungen ein Muster zu erkennen. Sie lag einfach nur da, vor der Blume, und überließ sich ganz dem Traum und seiner Führung. Nach einer Zeit schweigender gegenseitiger Betrachtung hatte die Pflanze ihr zögernd Zutritt gewährt und zaghaft ihren Blütenkelch geöffnet, wie eine Jungfrau, die sich zum ersten Mal ihrem Liebhaber hingibt. Iris.

Sie sah in Iris nicht nur eine Blume. Iris war mehr. Wenn Iris ihre Blütenschenkel öffnete und die Sonne günstig stand, war es, als schaute man direkt in ein mit Edelsteinen und goldigem Geschmeide gefülltes Schatzkästchen. Es wisperte und raunte. Es schmunzelte und lachte. Vertrautheit stellte sich ein, mit jedem Tagen, den sie Iris zu Füßen lag und träumte. Für sie gab es kein schöneres Glücksgefühl, als mit Iris am Teich den Tag zu verleben und nachts, wenn Iris ihre Blütenschenkel geschlossen vor dem kalten Auge des Mondes verbarg, alles noch einmal Revue passieren zu lassen. Iris wurde mit jedem Tag schöner und kräftiger, überragte sogar die Binsen, konnte aber die Rohrkolben nicht an Größe übertrumpfen. Obwohl sie jeden Tag mit ihr am Teich verbrachte, merkte sie, dass Iris immer trauriger wurde. Iris vertraute ihr an, dass die Tage als schöne Blume gezählt seien. Die heißen Sonnentage hatten das Wasser aus dem Boden gezogen. Die Erde war hart und rissig geworden. Nicht lange, und Iris' Blätterkostüm würde welken, die einst saftig gelben Blütenschenkel ihre Farbe verlieren und unansehnlich werden. Ein Zustand, bei dem selbst ein Frosch nicht mehr seine Augen aus dem Wasser heben würde.

Iris' Traurigkeit hatte auf sie übergegriffen. Ihre nächtlichen Träume wurden düster und schwer. Sie lag lange noch wach, als alles im Haus schon schlief und dachte nach. Wenn du mich nicht

brichst, wird mich der Wind brechen oder ich knicke aus Schwäche um, flüsterte Iris mit matter Stimme. Da tat sie Iris den Gefallen, schlich sich in der Dunkelheit zum Teich, griff nach Iris' Stängel und kappte ihn knapp über dem Boden. Sie schleppte Iris' immer noch schönen Körper ins Haus, legte ihn auf dem Frühstückstisch ab und zog sich in ihre Schlafecke zurück. In dieser Nacht wollten sich keine Träume einstellen. Auch der Mond hatte ein Einsehen und verkroch sich hinter eine Wolkenbank. Als die Sonne sich anschickte, mit ihren wärmenden Strahlen das Leben im Haus zu wecken, war etwas anders geworden.
Schlaftrunken erhob sie sich von ihrem Lager und blinzelte verwundert mit den Augen, als sie zu dem Küchentisch hinüber sah. Iris stand in einer schlanken Kristallvase und das Gelb der weit geöffneten Blütenschenkel schien mit der Strahlkraft der Sonne um die Wette leuchten zu wollen. Ein zufriedenes Summen durchzog den Äther. Sie konnte hören, wie Iris lachte und weinte. Ich lebe wieder, in frischem Wasser. Mein Körper ist straff und schön. Du bist wunderschön, sandte sie ihre Botschaft zu Iris hinüber. Deine Rettung, so wunderbar sie für dich auch ist, wird nur von kurzer Dauer sein. Alles Vergängliche wird vergehen und alle Schönheit wird irgendwann vom Zahn der Zeit zu Staub zermahlen werden. Aber ich bin hier, bei dir, und werde dich bewundern und mit

dir träumen, so lange du lebst. So sprach sie, die Katzenäugige, mit Iris, der Gelbschenkligen.

Dirk-Uwe Becker

Drei Haiku

Gelb-grüne Augen
Im Tanz mit der Mondsichel
Die Vögel schweigen

Der Klang des Windspiels
Versteckt im Schatten der Wand
Blitzende Krallen

Samtige Pfote
Aus den Tiefen des Sessels
Ein lauschendes Ohr

Felix Bienwald

Ein Katzengedicht

Zwei Katzen aßen einen Kokosbutterkuchen.
Schnurrend und schmatzend.

Und als der Kuchen fertig war,
leckten sie sich ihre Tatzen.

Ende

Ulrich Borchers

Clooney Eleven

Die Aufnahmeleiterin Kitty atmet tief durch. Am Set ist mal wieder die Hölle los. Der Regisseur Fellini glaubt, er dreht einen nobelpreisverdächtigen Kunstfilm, der überdies aber auch noch der Kassenschlager des Jahrzehnts wird. Die Schauspieler sind seiner Meinung nach alle Dilettanten. Der Hauptdarsteller KC kommt zu einem ähnlichen Urteil über die Fähigkeiten Fellinis. Die Prinzessin ist unzufrieden mit der ihrer Meinung nach zu kleinen Rolle und fühlt sich unverstanden. Als ehemalige Gefährtin des Hauptdarstellers sind für sie aber keine weiteren Drehminuten drin. Sie ist im Film hauptsächlich mit ihrem neuen Partner Pascha zu sehen. Natürlich bis aufs Happy End, wo sie zu KC zurückkehrt. Das ehemalige Drehorgeläffchen, das das Schloss zum Supermarkt knackt, will von allen nur Kong genannt werden, er sei schließlich der Einzige, der so was wie Hände hätte. Der Produzent K. Karlo droht, den Geldhahn abzudrehen, und überdies wurde vergessen, Katzenfutter zu besorgen. Alles in allem also ein normaler Drehtag und irgendwie wird sich alles finden.

Dennoch macht sie sich Sorgen. Zwischen der Prinzessin und Kater Clooney scheint sich was anzubahnen und an sich hatte sie sich Hoffnung auf ein kleines Hinterhofmeeting mit ihm gemacht.

Künstler sind einfach das Letzte. Die können den Mitarbeiterinnen am Set schon mal den Kopf verdrehen, aber dann singen sie nachts mit den weiblichen Stars. Egal, heute muss eine der letzten Szenen unbedingt in den Kasten.
Alle stehen bereit. Die Kinolegende Pop Corn spielt den alten hilfsbedürftigen Kater, der die beiden Hundewachen ablenkt. Inzwischen sollen die beiden Tauben die Überwachungskameras ausschalten. Es handelt sich um unterbezahlte Schauspieler aus China, die Fellinis Regieanweisungen erst nach der zigsten Wiederholung verstehen. Wie üblich werden für die aufwendigsten Stunts die am schlechtesten bezahlten Akteure verpflichtet.
Anschließend nur noch wenige Drehtage und dann geht die Vermarktung los.
Die wichtigsten Szenen sind schon abgedreht. Wie die Ratte für den Stromausfall sorgt, ebenso sowie das Verladen des gestohlenen, wahnsinnig leckeren Katzenfutters durch die drei weiteren Katzen. Da gab es auch wieder Drama. Die Königin der Nacht hat sich durch die Dreharbeiten gehungert und nach ihrer letzten Szene einen Rückfall bekommen. Zusammenbruch noch im Studio! Diese Fressattacken begleiten sie schon ihre gesamte Karriere. Ein Künstlerleben am Rande des Wahnsinns. Immer im Scheinwerferlicht, quält sie ihren geschundenen Körper abwechselnd mit völligem Entzug und anschließender Völlerei. Sofort nach

ihrem Drehschluss wurde sie in eine Klinik eingewiesen. Ihr vierter Aufenthalt. Die Hyänen der Presse haben sich gleich darauf gestürzt. Nein, Kitty beneidet diese Stars, die stets unter Druck stehen und immer glänzen müssen, in keiner Hinsicht. Das Filmgeschäft ist für sie, auch in der zweiten Reihe, aufregend genug.

Der Dreh für den letzten Tag steht schon fest. Der Wagen mit dem gestohlenen Katzenfutter wird vom einzigen Hund in der Hauptdarstellerriege aus dem Supermarkt gezogen. In seinem Vertrag hat er sich zusichern lassen, dass er möglichst nicht mit Katzen zusammen drehen muss. Jetzt hat die Gewerkschaft schon durchgedrückt, dass nicht nur Katzen als Schauspieler beschäftigt werden, und dann kommt es vor Ort zu Speziesismus.

Fellini brüllt ins Mikro: „So, Pop. Mach auf gebrechlich. Und die Tauben, Airwolf 1 und 2 ... husch, husch … fly above und so … direct vor die Linsen. Action."

Als beide Tauben wieder gemeinsam zu *einer* Überwachungskamera fliegen, stöhnt die gesamte Mannschaft und Pop sagt: „Ich bleib gleich liegen. Habt ihr mein Taumeln im Kasten?"

Das wird ein langer Drehtag, denkt Kitty. Aber Streuner zwinkert ihr zu. Einer aus der B-Riege. Immerhin. Und vielleicht geht mit KC in Clooney Twelve etwas!

Ulrich Borchers

Auch eine Art von Seebär

Selbstzufrieden blickt er über die Reling, um sich die Kapitänshäuser anzusehen, die den Weg vom Hafen zum Nordermarkt zieren. Nach all den Jahren ist er wieder angekommen in seiner Heimatstadt Flensburg. So viele Häfen hat er gesehen, aber keiner kann gegen diesen bestehen. Er ist zu Hause. Um dies auf seine alten Tage genießen zu können, hat er sogar auf diesem kleinen Ausflugsdampfer angeheuert, der nur die Innenförde rauf und runter schippert. „Was soll´s?“, denkt er sich. „Die Welt habe ich schon gesehen.“

Aus dem Steuerstand weht Rauch zu ihm herüber. Der Alte hat sich wieder eine Pfeife angesteckt. Oh, wie er das liebt. Obwohl er selbst nicht schmökt, fand er Pfeife rauchende Seebären seit jeher wunderbar. Tabak- und Teergeruch. Für ihn gibt es nichts Schöneres.

Am Kai spaziert ein junges Ding aufreizend langsam an seinem Kahn vorbei. Er ist in die Jahre gekommen, sich aber seines rauen Charmes durchaus bewusst. Er trägt gestreift, wie es sich für einen Seemann gehört. Die junge Dame hat einen leicht asiatischen Einschlag und das hat schon immer Wirkung auf ihn hinterlassen. Eroberungen und Schlägereien in der ganzen Welt waren damit verbunden. Sollte er von Bord gehen und es noch mal versuchen? Mal sehen, wenn sie nochmal vorbeikommt, vielleicht.

Aufgewachsen war er in der Norderstraße und während sich seine Familie und Freunde hauptsächlich für die Stadt interessierten, zog es ihn stets zum Hafen. Ein- oder zweimal wäre er beinahe überfahren worden, als er über die Schiffbrücke zum Kai lief. Seine Kindheit verbrachte er bei den Fischern am Ostufer und entwickelte dort seine Vorliebe für Fisch. Sehnsuchtsvoll schaute er auf das Wasser und den Horizont. Was sich da wohl verbarg? Eines Tages wurde die Sehnsucht zu groß. Er verabschiedete sich von seinen Kameraden und den Hinterhöfen Flensburgs, um auf einem großen Segelschiff anzuheuern, das aufgrund einer Festlichkeit hier vor Anker lag.
Jeder mochte ihn und weil er seine Aufgaben gewissenhaft erledigte und sich schnell an den Ton und die Befehle auf See gewöhnte, gehörte er schon nach wenigen Tagen zur Mannschaft. Den Äquator überquerte er und ruhigen Gewissens kann er sich noch als echter Kap Hoornier fühlen, der diese raue Passage auf einem Großsegler hinter sich brachte. Niemals wurde er seekrank und so mussten die Neuen oft seinen Spott ertragen, bis er in Südamerika in einem Hafen etwas Falsches gegessen hatte und sich Leib und Seele aus dem Körper würgte. „Gift“, urteilte der Schiffsarzt und bis zu seiner Genesung schaute die gesamte

Besatzung jeden Tag an seinem Krankenbett vorbei. Mit Seekranken ging er seitdem etwas gnädiger um. Schließlich wurde er wieder gesund. Er war sich sicher, dass ihn nur die gute Seeluft gerettet hatte. Na ja, und wohl auch ein wenig der Doktor.

Seine Schwäche waren die Frauen. Kaum eingelaufen, stahl er sich von Bord und eroberte die Hafenspelunken und deren Schönheiten. In jedem Hafen hatte er mindestens eine und hinterließ auf allen Kontinenten seine Nachkommen. Ihn kümmerte das nicht. Befriedigt kehrte er alsbald an Bord zurück und ließ die fremden Orte und gebrochenen Herzen hinter sich.

Und doch beeinflussten die Frauen sein Schicksal. In China war es, als er mal wieder im Streit um eine Schöne in einen Kampf geriet. Das war ihm schon oft passiert, aber diesmal ging es gegen eine Übermacht und um Leben und Tod. Schwer verletzt rettete er sich in einen Hinterhof und verfiel in einen komatösen Schlaf. Am nächsten Tag war sein Schiff verschwunden und ebenfalls die halbe Sehkraft seines rechten Auges. Jetzt wurde es schwerer, irgendwo anzuheuern. Aufgrund seines ramponierten Aussehens traute ihm wohl niemand zu, seine Aufgaben erledigen zu können und nur mit viel Glück heuerte er schließlich auf einem Frachtschiff an. Seine Wunden verheilten und irgendwann half ihm sogar sein verwegenes Aussehen. Schiffe konnte er wieder nach Belieben

auswählen und beim Kampf um die Frauen genügte den Konkurrenten ein Blick in sein Gesicht, um ängstlich das Weite zu suchen.
Nicht nur die Meere wollte er kennen lernen, sondern auch verschiedene Schiffstypen. Und so ging er im Laufe der Jahre mit einem Trawler auf Fischfang, arbeitete auf einem dieser langweiligen Containerschiffe, auf dem es viel zu wenig Hafentage gab, schipperte auf einem Rheinkahn und versuchte sich sogar mal auf einer Fähre. Da gefiel ihm besonders, wie er bei den Tagesgästen und deren Kindern gut ankam. Aufgrund seiner Ausstrahlung war er für sie der Star. Doch alles kann einem zu viel werden. Irgendwann langte ihm es und er wechselte auf ein Schiff, das die Häfen der Bretagne abklapperte. Vielleicht hätte er dort sein Seefahrerleben beendet, wenn sie nicht eines Tages an den Schiffsfriedhof in Camaret sur Mer gelangt wären.
Dort standen sie auf dem hochgelagerten Damm, die abgetakelten Hochseetrawler, die aufgrund der neuen Fangquoten unrentabel geworden waren und nun den unwürdigen Tod an Land erleben mussten. Die Planken zeigten Löcher und die Farbe verblich in der Sonne und blätterte langsam ab. Nee, dachte er, sterben willst du in der Heimat und nicht als ausgeblichener Knochen, angespült in der Fremde, enden. Während er bis jetzt seine nächsten Stationen mehr oder weniger zufällig angesteuert hatte, wollte er nun zielgerichtet voran-

kommen. Das fiel ihm gar nicht so leicht, aber schließlich lief er ein Jahr später dann doch in seiner alten Heimatstadt ein. Und schon am nächsten Tag hatte er auf diesem kleinen Kahn angeheuert. Glück gehabt. Er hatte eben nicht nur seine halbe Sehkraft verloren, sondern auf seine alten Tage auch die halbe Seekraft ohne „h".

Die junge Dame kommt zurück und geht wieder aufreizend langsam am Schiff vorbei. Soll er´s nochmal wagen? Sich im Heimathafen eine neue Braut anlachen? Das Schöne am Alter ist, dass man meint, alles zu können, es sich aber nicht mehr selbst beweisen zu müssen. Die Natur im Zaum halten zu können, ist irgendwie auch befriedigend. Er geht zur Bank auf dem Sonnendeck, rollt sich zusammen und schläft augenblicklich ein. Schöne Träume von den weißen Stränden auf Hawaii und von Fisch begleiten ihn.

Kapitän Paulsen zündet sich eine neue Pfeife an und betrachtet aus dem Ausguck sein neues Crewmitglied. „So gut möchte ich das auch mal haben", denkt er sich. Aber der alte Kerl hat ja offensichtlich schon einiges hinter sich, da hat er sich einen ruhigen Lebensabend verdient. Er träumt bestimmt, so wie seine Barthaare zucken. Und er hört sogar ein leises Schnurren. Was wohl so ein alter Seemannskater alles zu erzählen hätte?

Marianne Hahn

Nachtschicht

Tatort: Irgendwo in Dithmarschen, Datum: 15. Januar 2010, Uhrzeit: 23:20 Uhr. Tatwaffe: Sprossenleiter.

Herrlich! Die müden Glieder ausstrecken und sich unter der kuscheligen Decke aufwärmen – was will man mehr? Genüsslich räkle ich mich und stopfe den Rand des Federbetts seitlich unter meinen Körper, um auch dem kleinsten Hauch von Zugluft Paroli zu bieten. Eisige Kaltluft hat sich in Norddeutschland eingenistet und lässt die Eisschollen knacken, die am Saum des Nord-Ostsee-Kanals wachsen. Umso mehr entzückt mich die einsetzende Bettwärme und ich gleite langsam, aber sicher in meinen wohlverdienten Schlaf.

Beharrliches Schrillen durchdringt meine süßen Träume. Zögerlich wird mir klar: Das kann nicht der Wecker sein. Mein Bettdeckenknäuel will mich partout nicht aus seiner Umarmung entlassen. Fluchend und von der Klingel gellend begleitet, schaffe ich es irgendwann bis zur Tür. Schon vor dem Öffnen höre ich zwar gedämmt, aber dennoch deutlich, die panische Stimme meiner Nachbarin Helga: „Mikesch ist weg, er ist nicht nach Hause gekommen!“ Es ist nicht das erste Mal, dass der eigenwillige kleine Kater auf dem Swutsch ist, dennoch kann ich gut verstehen, dass meine Freundin sich Sorgen macht. Bei immerhin

fünfzehn Grad Minus und dazu noch mitten in der Nacht. Da ist doch was faul.
Mikesch – unser Sorgenkind. Dieses mutterlose, höchstens ein paar Tage alte, winzige Fellknäuel mit noch geschlossenen Augen wurde auf der Straße gefunden, und da Helga und ich uns für den Tierschutz engagieren, nahm meine Freundin es schließlich auf. Ihr Herz als „Katzenmama“ hatte gesprochen. Das bedeutete: Flasche geben rund um die Uhr, Bäuchlein nach jeder Mahlzeit streicheln, Rotlichtlampe, säubern und alles wieder von vorn. Und natürlich jede Menge Streicheleinheiten. Keine leichte Aufgabe. Und da ich Helga nicht alleine vor der ganzen Arbeit stehen lassen wollte, wechselten wir uns ab. Aber Mikesch machte es uns nicht leicht. Das Wartezimmer des Tierarztes wurde uns zur zweiten Heimat. Doch letztlich schafften wir es, den kleinen Kerl zu einem stattlichen Kater heranwachsen zu lassen. Und womit dankte er es uns? Mit seinem Querkopf und seinem – drücken wir es mal vorsichtig aus – äußerst starken Willen. Er hatte Helga erfolgreich katzenkonform erzogen, die jetzt voller Sorge um den Verbleib ihres Katerchens mitten in der Nacht vor mir steht.
Ich tue es meiner Freundin gleich und hülle mich in winterfeste Kluft und dicke Stiefel, um den arktischen Temperaturen zu trotzen. Dennoch kriecht mir die Kälte in Minutenschnelle unter meine bettwarme Haut. Dicke dunkle Wolken

hängen über unseren Köpfen, bereit, ihre weiße Pracht in die Freiheit zu entlassen. Wir fangen unsere Suche erstmal in unseren eigenen Gärten an. Jedes uns bekannte Katzenlieblingsversteck wird mit der Taschenlampe unter die Lupe genommen, mit zärtlichen Worten animieren wir jedes Geschöpf um uns herum, sich zu zeigen. Doch vergebens. Weit und breit keine Spur von Mikesch. Wir sind voller Sorge. Ratlos beschließen wir, unseren Radius zu erweitern. „Mikesch, Mikesch …“, rufen wir leise, wir wollen ja nicht die ganze Nachbarschaft auf den Plan rufen, es gibt nicht nur Tierfreunde! Wir dringen vor bis zur Grundstücksgrenze, rufen und locken. Plötzlich ein zartes Maunzen. Ein so dünnes Geräusch, dass wir glauben, uns verhört zu haben. Und doch – da ist es wieder. Eindeutig das klägliche Miauen einer Katze. Wir lassen den Schein der Taschenlampe über die Umgebung huschen, erkennen jedoch nur die hohe Hecke zum Nachbargrundstück. „Miau, miau“, klingt es kläglich, jetzt schon etwas lauter. Er muss hier doch irgendwo stecken. Zu allem Überfluss haben die Wolken ihre weiße Last nicht mehr tragen können und sich geöffnet. Dicke Schneeflocken fallen auf die Erde und pudern sie. An sich ein schöner Anblick, für unser Vorhaben nicht gerade von Vorteil. „Sag mal, kommt das Miauen nicht von oben?“ Helgas fragende Augen sehen mich an. Ich horche. Tatsächlich, sie könnte recht haben. Ich richte den Lichtkegel in die Höhe und erfasse die Krone des alten Birnbaums in Nachbars Garten. Zwei leuchtende Augen blicken aus weißem Fell verschreckt durch das Geäst zu uns herunter. Wir haben Mikesch gefunden. Da sitzt er nun auf seinem hohen Thron und traut sich nicht mehr runter. Helgas stolzen, kühnen Kater hat der Mut verlassen – dass ich das noch mal erleben darf! Doch mein Feixen wird von den Worten „Und was machen wir nun?“ jäh unterbrochen. „Helga, wir haben ein Problem“, ist alles, was mir dazu einfällt.

Es gibt für alles eine Lösung. Wir brauchen eine Trittleiter, um überhaupt in die Höhe des Baumes zu gelangen. Gesagt, getan. Wir finden eine in Helgas Stall und stellen sie dicht an den Zaun. Ich steige hinauf, um feststellen zu müssen, dass ich nicht annähernd in die Nähe des Katers gelange. Da fehlen bestimmt noch zwei bis drei Meter. Der starke Schneefall begünstigt mein Vorgehen auch nicht gerade. Zu allem Überfluss geht jetzt im Nachbarhaus das Licht an. Oh Gott, nicht dass sie denken, hier sind Einbrecher am Werk! Die Idee, dort zu klingeln und unser Vorhaben zu erklären, legen wir gleich wieder ad acta. Wer würde schon mitten in der Nacht öffnen? Dann doch lieber gleich die Polizei rufen. Oh, Mikesch, deinetwegen im Knast zu landen – wegen Hausfriedensbruchs – das ist keine gute Idee. Aber runter muss er da.

Nach reiflichem Überlegen ein Geistesblitz! Wir müssen etwas finden, das wir von der Trittleiter bis in die Baumkrone halten können, damit er darüber hinweg direkt in unsere Arme spazieren kann. Die uralte Sprossenleiter meines Vaters, die seit Jahren vergessen in unserem Stall hängt, wäre vielleicht geeignet. Wir eilen zu mir, um das sperrige Ding mit vereinten Kräften über die Straße zu schleppen, immer in Obacht, dass uns niemand bemerkt. Irgendwie gelingt es uns mit vereinten Kräften, das lange Ungetüm auf die oberste Sprosse der Trittleiter zu hieven und das andere Ende über den Zaun in das Astwerk des Birnbaums in die Nähe des Katers zu schieben. Was für ein Unterfangen! Von Geräuschlosigkeit kann man da wirklich nicht sprechen. Mittlerweile brennt in zwei Zimmern des Nachbarhauses Licht. Oh je, wir bräuchten nur noch ein kleines bisschen Zeit. Nun heißt es, Mikesch auf die Leiter zu locken. Mit Engelszungen und Unmengen Leckerlis gelingt uns das schließlich. Zögerlich tapst er über das wackelige Gerüst bis in Helgas mütterliche Arme. Operation erfolgreich beendet! Jetzt müssen wir nur unbemerkt alles wieder entfernen. Plötzlich ertönt ein Martinshorn. Erst leise, dann immer lauter. Kommt auf uns zu und – fährt vorbei. Aufatmen. Da hat der Katzengott nochmal ein Einsehen mit uns. Schnell wird der Kater ins Haus gebracht und wir machen uns daran, das instabile Gebilde so leise wie möglich zu beseitigen. Als wir mit der Sprossenleiter in den Lichtkegel der Straßenlaterne treten, fängt Helga lauthals an zu lachen und kann nicht wieder aufhören. Vor uns auf der ehemals unbefleckten Schneedecke sind deutlich die Spuren unseres nächtlichen Unterfangens zu erkennen, die definitiv direkt von meinem Grundstück bis hin zu Nachbars Gartenhecke führen. Na, wenn das nicht *die* perfekte Spur zum Tatort ist!

Werner Hajek

Ein Streifzug durch fünfhundert Jahre Katzenlyrik

16. Jahrhundert

William Shakemouse

Schnurreo und Maunzia (Sonett)

Wiewohl nicht gut gelitten vor dem Hause,
in dem die junge Maunzia ward streng bewacht,
hat doch der schmucke Schnurreo ohn' Pause,
an jenem Ort gesungen jede Nacht.

Und oben auf Balkonens hoher Stätte
hat Maunzia ganz gerne zwar gelauscht,
doch nicht für Klang die Schöne hätte
mit Schnurreo sich an der Nacht berauscht.

Nein, Mauzia tat dem Balkon entfliehen
für eines Leckerbissens lockend Ziehen,
des Nachtigallenbratens zarter Duft.

Den edlen Vogel hatte Schnurr versprochen,
Doch tief enttäuscht hat sie am Mahl gerochen:
„Es ist nur Lerche, oh du mieser Schuft!"

17. Jahrhundert

Johannes Scharfzahn von Grimmelshausen,

Katerlied

Oh du nett-kokett Brünette,
so komplett jede Facette,
so adrett wie Nofretette!
Fühl ich deines Felles Glätte,
werd ich spitz wie Bajonette,
oh du Rose, du Rosette!

Dich, Honette, als vollfette
Sahnetorte im Bankette
meines Lebens ich gern hätte,
leg mich, deine Marionette,
auf der Stätte an die Kette,
rette mich, du Herztablette!

Katzarina Regina von Greiffenberg

Katzenlied

Wie du kamst beim Abendroten,
sah ich dich als Götterboten,
als des Liebesspiels Piloten.
Wenn ich flüstere dir Zoten,
Spür ich dich in Atemnoten
und sogar ganz zart erroten

Unter all den Angeboten,
die es gilt, gut auszuloten,
unter Idio-, Exo-, Patrioten,
den Devoten und Verrohten,
geb ich deinen Sammetpfoten
(sapperlot!) die besten Noten.

19. Jahrhundert

Klaus Feldmaus Groth

Min Jehann

(Übersetzungshilfen: sot = Brunnen, Tränke; Katt = Katze, Sleef = Schlingel)

Ick wull ik weer noch kleen, Jehann,
As domals bi den Sot,
Ick weer man blots son lütten Mann
Un du förn Katt so groot.
Ik harr di jüst so hartli leev,
Weer heel vernarrt in di,
Ik weer en Sleef, du weerst en Sleef,
Du weerst min leevstes Vieh.

So is dat nu ni mehr, Jehann,
As domals bi den Sot.
Nu bin ik Groth, un du büst doot,
verdrunken inne Sot.

21. Jahrhundert

Amanda Catwoman

König der Löwen (Hymne zur Vereidigung des US-Präsidenten 2021)

Wir haben den König der Löwen gekürt
er gewann die Wahlen, damit er uns führt
wir sind den Hügel hinaufgeklommen,
Wir haben den Königsfelsen genommen

The Circle of Life, das Zahnrad des Lebens,
es greift, was gereift, und wir strebten nicht vergebens
Und hell strahlt die Sonne nach der mondlosen Nacht
die uns der König der Fakenews gebracht

Denn nun naht der Neue, verspricht allen Tatzen
nicht nur den Salonlöwen, auch den Straßenkatzen
ein neues Erwachen für den, für den American Dream
mit Chancen für jeden, und wir alle, alle folgen ihm
From Shore to Shore sind wir gut davor
und wir maunzen im Chor:
Der American Dream ist immer noch wach

Und ich sach:

Wenn du dich anstrengst, wenn du dich verrenkst,
wenn du alles gibst - auch das was du liebst -
vielleicht auch die Zukunft der Erde drangibst,
wenn du Umwelt zerschlitzt und Klima erhitzt,
wenn du heftig betrügst, strampelst und schwitzt,
dann wirst du vielleicht, vielleicht auch nicht,
vielleicht ungefähr,
vom Tellerwäscher, Goldwäscher, Geldwäscher,
vom Bankrotteur und Effekthäscher
zum Millionär.

Der American Dream ist immer noch wach

Und ich sach:

Er hat noch eine ganz andere Seite,
und darauf baue ich, Leute
Dass wir glauben und kämpfen, zusammenstehn
gemeinsam neue Wege gehen,
die Hände uns reichen und der ganzen Welt
dass man auf dich zählt, weil du es bist, ganz klar, der
zählt

Dafür wurde der König der Löwen gewählt
von unserer eigenen, heiligen Hand,
in Gottes heiligem Disney-Land
dessen Macht sich neu zeigt,
damit die Welt sich verneigt
Und so wollen wir weiter mit Wucht danach streben
der Welt unsere guten Gesetze zu geben
nach denen wir selbst überhaupt nicht leben
weil wir uns, bei Gott, über alle erheben

Spürt die Glory, spürt die Night,
genießt die Zeit und seid bereit
Vergesst die Tragic, fühlt die Magic
und

CAN YOU FEEL THE LOVE TONIGHT?

Ulla Knütel

Puma

„Sie hat geweint und vor Angst gezittert", sagt Loni zu ihrer Mutter in der Hoffnung, dass ihr Fundstück akzeptiert wird. „Ich habe mich hinter einem Baum versteckt und gewartet, ob nicht doch die Mutter nach ihrem Kind sehen würde. Aber es kam niemand und so habe ich es mitgenommen."

Die Mutter nimmt ihr vorsichtig die Jacke ab, in die das kleine flauschige Katzenbaby eingewickelt ist. Sie nimmt es in die Hand und betrachtet es sorgfältig.

„Dieses Mal darfst du deinen Fund für eine Zeit behalten, denn der kleine Kater sieht etwas verhungert aus. Du hast ihn wohl aus dem Wald mitgebracht, da er wie das Junge einer Wildkatze aussieht. Ich zeige dir auch, voran du es erkennen kannst. Bei Wildkatzen ist der Schwanz am Ende rund mit zwei dunklen Streifen und nicht spitz, wie bei den Hauskatzen. Wir werden ihn aufpäppeln und dann musst du ihn wieder zurückbringen." Das Kind verspricht es erstmal. „Wie willst du ihn nennen?"

„Wenn ich ihn zurückbringen muss, will ich ihm keinen Namen geben. In der Wildnis hat er sicher auch keinen", antwortet sie etwas trotzig.

Loni trägt den kleinen Kater in die Küche, um ein Schälchen mit Milch zu füllen. Sie setzt sich auf den Boden daneben und betrachtet verzückt, wie schnell der Kleine die Milch aufschleckt. Während ihr Findelkind mit tapsigen und unsicheren Schritten die Küche inspiziert, sucht Loni in ihrem Kleiderschrank nach ihrer Wintermütze, schnappt sich den Einkaufskorb und trägt Kater, Korb und Mütze in ihr Kinderzimmer. Sie streichelt das kleine Wesen, aber zum Schnurren ist es noch zu jung. Das Tier rollt sich zusammen und schläft. Es ist das erste Mal, dass sie ein Tier behalten darf. Außer Pilzen und Blaubeeren, die sie so gern im Wald sucht und mit nach Hause bringt, hat sie so manches Mal auch ein Tier mitgenommen. Selbst ein Strauß Himmelschlüsselchen, die sie am Rande eines Baches, als Bestechung für die Mutter, gepflückt hatte, konnte die Mutter nicht umstimmen, als sie zwei weiße Mäuse eingefangen hatte. Dass die zwei keine Haustiere werden durften, hatte sie ja verstanden. Für den Schreck, den sie mit einer Blindschleiche bei ihrem Bruder verursacht hatte, bekam sie eine sehr unliebsame Arbeit zur Strafe. Am hübschesten allerdings war der Feuersalamander, aber auch den durfte sie nicht behalten. Kaulquappen, Käfer oder Schnecken mussten ebenso schnellstens das Haus verlassen.

Der kleine Kater gewöhnt sich schnell an sein neues Umfeld und wird von Tag zu Tag kräftiger. Er ist verspielt und will ständig gefordert werden. Ab und zu muss Lonis Mutter sie an die Schularbeiten erinnern, weil das Spielen natürlich mehr

Spaß macht. Es sieht so aus, als ob die ganze Familie Freude an dem übermütigen Tier hat, und so wird der Tag der Rückgabe immer wieder hinausgezögert. Aber eines Tages wird es doch zu viel mit seinem Tatendrang.
„Jetzt muss du diesen Puma aber wieder zurückbringen. Das können wir nicht länger dulden. Das Tier ist zu groß geworden und hat hier eine zu geringe Möglichkeit seinen Jagdinstinkt auszuüben", sagt Lonis Vater mit ernster Miene. „Ich sehe auch, dass du nicht mehr mit ihm fertig wirst."
Puma, wie er von dem Tag an genannt wird, hat es sich zur Angewohnheit gemacht, Mutter, Vater oder Bruder anzufallen. Er lauert meistens auf dem Schrank, springt auf eine Schulter und beißt und kratzt in Hals, Arme oder Beine. Lonis Arme und Hände sind auch zerkratzt, aber daran ist das Spielen mit dem Tier schuld, weil sie es so manches Mal mit dem Herumtollen übertrieben hat. Loni weiß, dass der Vater es ernst meint und dass Betteln bei ihm zu keinem Erfolg führen wird. Loni will über ihren Kummer auch in der Schule berichten. Vor allem ihrer Freundin Sina, deren Eltern einen großen Bauernhof in der Nähe des Waldes haben. Es könnte vielleicht eine Idee sein, ihren Kater auf einen Bauernhof zu geben, denkt sie und erzählt Sina von ihrer Not, Puma wieder in den Wald bringen zu müssen. Schon am nächsten Tag erlaubt die Bauernfamilie, dass sie den Kater bringen darf, um es mit ihm auszuprobieren.

Das ist eine annehmbare Lösung für Loni, denn nun kann sie ihr Findelkind, wann immer es passt, wiedersehen. Für den Wildkater ist ein Bauernhof mit Scheunen und weitem Gelände das richtige Umfeld und Sinas Eltern sind begeistert, denn nach ein paar Wochen gibt es auf dem Hof keine Mäuse mehr. Loni ist erschrocken, als sie Puma zum ersten Mal wiedersieht. Er ist noch größer geworden, und als sie sich ihm nähert, faucht er sie an. Sie merkt sofort, dass sie nicht mehr mit ihm spielen kann. Etwas betrübt ist sie darüber schon, aber auch zufrieden, dass Puma nun jeden Tag auf die Jagd gehen kann. Einige Monate später, es ist Lonis achter Geburtstag, findet sie in ihrem Zimmer ein schwarzweißes Kätzchen in einem neuen Körbchen. Dieses Mal gibt Loni ihrer Katze gleich einen Namen, da sie nicht in den Wald gehört und bleiben darf.

Am Ende des vierten Schuljahrs trennen sich die Wege der Freundinnen. Sina gesteht Loni, dass ihre Eltern Puma in den Wald bringen mussten, weil er die Hühner angefallen hatte. Beide Mädchen sind sich aber sicher, dass Puma stark und klug genug ist, um allein in der freien Wildbahn zu überleben.

Birgit Martina Krämer

Kostbares Erbstück

Ihre smaragdgrünen Augen funkelten böse durch die Stäbe der Transportbox und fixierten Bentje. Dies also war nun ihr Erbstück: Eine zierliche Hauskatze mit gestromter, mokkafarbener Zeichnung und weißer Blesse. Tante Käthe war gestern Abend im gesegneten Alter von vierundneunzig Jahren friedlich entschlafen. Bentje hatte sie regelmäßig in dem Seniorenstift in Meldorf besucht, in dem sie seit gut fünf Jahren gelebt hatte. Damals hatte Käthe einen Ort für sich und ihre noch junge Katze Freya gesucht, an dem sie ihren Lebensabend mit ihr verbringen wollte. Fortan strich Freya durch den hellen Frühstücksraum und den angrenzenden Garten, um zu sehen, ob sie Beute machen konnte, ließ sich von den Bewohnerinnen und Bewohnern – ihrem Hofstaat – sowie dem Personal bewundern und sicherte sich anschließend einen sonnigen Platz im Wintergarten bei Tante Käthe, die sich dort in den Vormittagsstunden mit Zeitunglesen und nachmittags mit Kreuzworträtselraten und Stricken die Zeit vertrieb. Beruhigend auf Freya einredend, öffnete Bentje den Verschluss der Box, bemüht darum, nur keine hektischen Bewegungen zu machen, um das verängstigte Tier nicht noch zusätzlich zu beunruhigen. Mit einem Satz schnellte die Katze heraus, sprang auf das Küchenbuffet, ohne die hohen

Weckgläser, die sich darauf befanden und getrocknete Kräuter enthielten, auch nur zu streifen. Dort stand sie, den muskulösen Körper gespannt – nun wieder Herrin der Lage – mit steil nach unten gebogenem, aufgeplustertem Schwanz. Durchbohrte Bentje mit grünen Giftpfeilen, hob eine Tatze, fauchte und gab ihr zu verstehen: Sperr mich nie wieder in dieses Ding! Bentje entschloss sich, Freya für den Moment in Ruhe zu lassen, ihr Zeit zu geben, sich an die neue Umgebung zu gewöhnen. Zwischenzeitlich würde sie sich den zwei Kisten widmen, die Unterlagen und persönliche Dinge von Tante Käthe enthielten und die sie ebenso wie die fauchende Fracht heute Morgen aus dem Stift abgeholt hatte. Die Kleidung konnte sie zum Glück dort lassen. Man würde sich um deren Entsorgung kümmern. Bis zuletzt hatte Käthe ihre Dinge selbst geregelt, denn sie war bei klarem Verstand und gönnte es sich einmal in der Woche, mit dem Taxi zum Friseur zu fahren, ihre Bankgeschäfte zu erledigen und im Dom-Café mit zwei Freundinnen, die ihr noch geblieben waren, bei Kaffee und Kuchen zu plaudern.

Bentje hatte Katzen gegenüber seit ihrer Kindheit höchsten Respekt. Sie erinnerte sich daran, wie sie im Frühjahr, bevor sie zur Schule kam, einige Ferientage bei Tante Käthe in Hemmingstedt verbracht hatte. Seitdem waren gut sechzig Jahre vergangen. Wie sie mit ihrem Puppenwagen in deren Garten herumspazierte und Kater Frido, einer der vielen Vorgänger von Freya, an einem der Tage zwischen zwei blühenden Apfelbäumen in der Spätvormittagssonne ein Schläfchen hielt. Sie legte ihre Puppe ins Gras und schlich sich an Frido heran, um ihn nicht aufzuwecken. Bestimmt würde es ihm gefallen, ein wenig herumgefahren zu werden, dachte sie, als sie ihn packte. Laut fauchend entwand er sich und hinterließ auf ihrer zarten Kinderhand mit seinen scharfen Krallen eine blutige Kratzspur. Weinend rannte sie zu Tante Käthe in die Küche, die gerade Gemüse putzte. „Warum hat Frido das getan?“, fragte sie schluchzend die Tante, die sie tröstete während sie ihre kleine Kinderhand von den Blutspuren befreite und mit einem Pflaster versah. „Nun Bentje, Frido hat sich erschreckt. Vielleicht hat er gerade von einem Kampf mit einem Rivalen geträumt“, antwortete Tante Käthe und obwohl es bald Mittagessen geben sollte, bekam Bentje ein Eis aus der Truhe.

Angezogen durch das Rascheln in den Papieren, verließ Freya ihren Wachposten hoch oben auf dem Buffet und spielte mit den leeren Umzugskartons. Bentje hatte den Inhalt beider Kisten auf dem Küchentisch verteilt und arbeitete sich durch die sauber gestapelten Haufen. Bestehend aus seit Jahren schon bezahlten Rechnungen, Schreiben von Kranken- und Rentenversicherung, Postkarten mit Urlaubsgrüßen, vergilbten Familienaufnahmen, von denen niemand außer ihr noch lebte. Sah man mal von ihren beiden Cousinen ab, die in Hamburg wohnten und zu denen sie seit Jahren keinen Kontakt mehr hatte. So hatte die Pflegedienstleiterin Bentje gebeten, sie über den Tod der Tante zu informieren. Die beiden waren von je her zur Stelle, wenn es etwas zu holen gab. Sicherlich würden sie sich spätestens morgen bei ihr melden und Trauer heucheln. Und zwischen all den Unterlagen entdeckte sie einen großen braunen, verschlossenen Briefumschlag, auf dem mit der altmodischen und geschwungenen Schrift ihrer Tante „Bentje“ stand. Laut maunzend strich Freya um ihre Beine. Diesmal mit vorwurfsvollem Blick aus ihren großen, wie mit Kajal umrahmten grünen Augen. „Oh, Freya, du Arme, sicherlich hast du Hunger. Ganz davon abgesehen, dass du Käthe vermisst!“ Laut schnurrend warf sich die Katze dankbar in die Hand Bentjes, die ihre Signale offensichtlich verstanden hatte. Behände öffnete Freyas neue Bedienstete den großen Leinensack, in dem sich ihr Hab und Gut befand. Einige Dosen Katzenfutter waren noch darin. „Morgen muss ich dringend für Nachschub sorgen“, murmelte Bentje. Bei dieser Gelegenheit würde sie auch einen neuen Fress- und Trinknapf besorgen. Was ihre Freundinnen wohl sagen würden, wenn sie diese überkandidelten Katzenschalen zu Gesicht bekämen, die der Königin von Saba alle Ehre machen würden! Protzig standen sie da in der Nähe des Kühlschranks und passten so gar nicht in das in die Jahre gekommene kleine Haus, das sie bewohnte und das dringend renoviert werden müsste. „Aber bei der kleinen Rente und der hohen Heizkostennachzahlung nach dem langen, kalten Winter…“, seufzte Bentje, während Freya mit graziösen Bewegungen nach und nach das Futter mit der Pfote aus der flachen, schweren, mit bunten Steinen versehenen Schale schaufelte und mit ihrer kleinen rosa Zunge und halb geschlossene Augen genüsslich aufnahm. Käthes Kontoauszüge wiesen keine nennenswerten Beträge auf und nach Abzug der Beerdigungskosten, so überschlug sie, würde wohl alles Null auf Null aufgehen. Obwohl sie sich wunderte, dass ihre Tante, die zeitlebens sparsam gelebt hatte, nichts hinterließ, verzog sich ihr Gesicht zu einem zufriedenem Grinsen, wenn sie an ihre ebenfalls erbberechtigten Cousinen dachte. Während sich Freya nach ihrem Mahl genüsslich einer ausgiebigen Fellpflege hingab, öffnete Bentje endlich den ihr zugedachten Briefumschlag.

Liebe Bentje,

ich danke dir, dass du dich stets so liebevoll um mich gekümmert und dich dazu bereit erklärt hast, nach meinem Ableben Freya ein neues Zuhause zu geben. In dem Briefumschlag befinden sich die Unterlagen des Beerdigungsinstitutes. Alles ist bereits geregelt und bezahlt. Bitte teile das Geld, das sich auf dem Konto befindet, mit deinen

Hamburger Cousinen. So werden sie keine weiteren Fragen mehr stellen.

In Liebe – Deine Käthe

P.S.: Vielleicht ist es an der Zeit, für Freya einen neuen Fress- und Wassernapf zu besorgen. Wende dich an die Domgoldschmiede in Meldorf, deren Besitzer schon einen geeigneten Käufer für die Schalen hat!

Plötzlich durchzuckte es sie. Natürlich, so ist es! Tante Käthe wollte unter keinen Umständen, dass ihre anderen Nichten, die sie nicht ein einziges Mal im Altenheim besucht hatten, etwas Nennenswertes von ihr erben und hatte alles Geld, das sie besaß, in Juwelen angelegt und die schweren Näpfe damit bestücken lassen! Bentje warf einen Blick auf Freya, die wie eine Sphinx zwischen den kostbaren Schalen aus Sterlingsilber lag; bestückt mit Rubinen, Saphiren, Smaragden und Diamanten. Wie in Zeitlupe öffnete sie eines ihrer geheimnisvollen Katzenaugen. Gerade so, als blinzelte sie ihr verschwörerisch zu.

Alexander Krüger

Katzenhassen. Eine Erregung.

Ich hasse Katzen! Ich hasse Katzenvideos! Und ich hasse Menschen, die sich Katzenvideos angucken, ganz zu schweigen von denen, die diese auch noch „süß" oder „niedlich" finden. Wozu soll das gut sein? Ich hasse Menschen, die Katzenvideos hochladen, ja, vor allem hasse ich sie, die Hochlader! Sind sie von allen guten Geistern verlassen, sowohl die einen als auch die anderen, haben sie denn gar nichts Besseres zu tun? Oder irgendetwas Sinnvolles? Ich weiß gar nicht, wer eigentlich schlimmer ist, der Produzent oder der Konsument, was ist eigentlich schlimmer, die Pest oder die Cholera? Wer ist der gemeinere Schuft, derjenige, der seine Katze dabei filmt, wie sie tut, was Katzen eben tun, den ganzen Tag tun, und sich in völliger Selbstüberschätzung nicht entblödet, ein völlig sinnfreies hausgemachtes Katzenvideo in die Welt hinauszuposaunen, oder derjenige, der sich in Ermangelung irgendeiner geistvollen oder, ich will nicht übertreiben, wenigstens minimal sinnvollen Tätigkeit nicht entblödet, ein derart abgeschmacktes Machwerk anzuschauen, in seiner Lebenszeit reinzuziehen, die entsetzlich knapp bemessen ist, bei lebendigem Leib tatsächlich anzusehen, in Echtzeit, weil er nichts, aber auch gar nichts Besseres mit sich und seinen verkümmerten Talenten anzufangen weiß, wenn er jemals welche hatte,

und dann *liked* er diese Zumutung und schreibt „Aww“ drunter oder „Miauuu“, nicht zum Aushalten.
Mal ehrlich, wer ist eigentlich der hoffnungslosere Narr, derjenige, der sein stinkendes Vieh „goldig“ findet, damit regelrecht Zeit verbringt und spielt, sich darum sorgt und sich dafür verwendet, es womöglich nicht nur „süß“ und „niedlich“ findet, sondern gar „herzt“ und „liebt“ und solche Sätze rauslässt wie „die Welt ist zum Schnurren“ und dann, eine weitere beklagenswerte Dimension der Dummheit, in vollkommener Verblendung filmt, mit dem eigenen Handy aufnimmt, regelrecht draufhält, seinen eigenen Speicherplatz nutzlos vollmacht, seinen eigenen kostbaren Speicherplatz auf dem eigenen Handy, mit diesen ganz und gar überflüssigen Katzenvideos, diesem erbärmlichen und offenkundig vergeblichen Versuch einer Inszenierung bescheiden häuslichen Glücks, häuslichen Katzenglücks, dabei handelt es sich einfach um Schwachsinn, Speicherplatz-Verschwendung, ein Speicherplatz-Friedhof wird angelegt, ein Datenfriedhof der Kuscheltiere, das ist die Wahrheit, ein Armageddon des Katzenwahns.
Und damit nicht genug, diese Videos werden veröffentlicht, immer, alle, ungebeten ins Netz gestellt, weithin sichtbar für die gebildete Welt, ob du willst oder nicht, sie werden hemmungslos upge-load-ed, hoch-ge-la-den, erst werden sie gedreht, dann werden sie geteilt, erst gedreht, dann

geteilt, erst Schritt 1, dann Schritt 2, zwangsläufig und ohne Erbarmen, mit einem einzigen Druck aufs Knöpfchen wird dieser ganze Schwachsinn, dieser ganze Katzenjammer hemmungslos in den Orkus geschossen, auf Teufel komm raus, es gibt kein Entrinnen, nirgends, es ist eine Ungehörigkeit, eine Unsitte und hat etwas Exhibitionistisches, das ist die Wahrheit. Der Katzenvideo-Dreher ist ein verkommener Schurke und in Tateinheit ist er unweigerlich ebenfalls ein Katzenvideo-Hochlader, naturgemäß pervers, er versteckt sich im Gebüsch seines Zuhauses und empfindet eine perverse Lust dabei, wenn er ganz plötzlich zeigt, was keiner sehen will, einfach unappetitlich, das tut er, und es ist pervers, ich übertreibe ganz sicher nicht, das wissen Sie!

Oder ist nicht doch derjenige der noch blödere Hund, der zuhause sitzt und nichts Abgeschmackteres zu tun hat, als sich „lustige Katzenvideos" anzusehen, diese stumpfsinnigen, endlosen Filmchen, dieses Meer des Schwachsinns, sowohl des tierischen, des Katzen-Schwachsinns, in allererster Linie aber doch wohl des humanen Schwachsinns, des Menschen-Schwachsinns, dessen Ausmaße bekanntermaßen unendlich sind, das ist eine allgemein bekannte Tatsache. Wie kann man vor sich selbst so tief sinken, sich so gehenlassen, sich selbst so erniedrigen, sich quasi aufgeben, in die untersten Niederungen der menschenmöglichen Banalität und des Ungeistes hinabzusteigen, sich mit blödem Blick und feuchten Lippen anzuschauen, was im doppelten Sinne wildfremde Tiere, die „beliebtesten Vierbeiner", vor der Kamera tun? Ich weiß es nicht, und Sie wissen es auch nicht, keiner weiß es, das ist die Wahrheit!

Als wäre das nicht alles deprimierend und peinlich genug, jetzt gibt es jedes Jahr im August einen *Internationalen Tag der Katze*, was soll das denn bitte noch, *Weltkatzentag*, das muss man sich auf der Zunge zergehen lassen, *Welt-kat-zen-tag*, *Welttag der Katze*, wohl die Mutter aller Katzenfeiertage, was? Wo will das hinaus? Nicht genug, dass es den *Tag der Katze* gibt, nein, das reicht ihnen noch nicht, um ihre Eitelkeit zu befriedigen.

Nicht genug, dass es den *Respektiere-deine-Katze-Tag* gibt, Katzen-Neujahr und den *Umarme-deine-Katze-Tag*, und was für ein Hochmut und was für eine Blasiertheit sprechen aus diesen Tatsachen, das kann kein Mensch leugnen, nicht genug, dass es den *Tag der süßen Katzenbabys* gibt und selbst den *Beantworte-die-Frage-deiner Katze-Tag*, was für eine Anmaßung und was für ein Dünkel, damit nicht genug, nein, jetzt muss es ein *Internationaler Tag der Katze* sein!

Haben wir nicht schon genug zu leiden unter den bedauernswerten Kreaturen, die ihre autistischen Streuner liebevoll „Simba" nennen oder „Stubentiger"?

Womöglich lesen sie Katzenanthologien, was für eine groteske Reise in die Welt des Wahns, in das

Herz der Finsternis, der Katzen-Finsternis, mitten hinein in Angst und Schrecken, in Störung und Paranoia, ein Kaleidoskop aus Abgründen tut sich auf, wahrlich das reinste Kaleidoskop des Wahnsinns, der Verstörung und der Dysfunktionalität, Sie wissen das!
Muss der menschliche Geist denn alle Kreise der Qual durchschreiten, ist das wirklich nötig, muss er zum Sklaven derjenigen werden, die die menschlichen Werte mit Füßen treten, animalischen Begierden nachgehen und ihren kümmerlichen Restverstand pervertieren? Was sollen wir noch aushalten? Sie nennen sie „Fellwolke" oder „Samtpfote", Katzenliebhaber, sie sind Gefangene ihrer Nebenrealität, die jeden Weg zur tatsächlichen Hauptrealität lange verloren haben, hoffnungslos verloren haben und auch nicht vermissen, sie sind abgeschottet in einem Universum des Irrsinns, ihrem Katzenuniversum und das verschlingt sie erbarmungslos, wie durch ein Schwarzes Loch werden sie unweigerlich aus der Welt des Geistes und der Vernunft in ihr Krickel-Krakel-Katzenuniversum gesogen, ja, ihr schizophrener Wahn hat sie als Geiseln genommen, sie sind eingesperrt in einem hermetisch abgeschlossenen Labyrinth der grotesken Irrtümer, in dem sie rastlos spazieren gehen, das aber keinen Ausgang hat, also finden sie auch keinen, und anständige Bürger bekehren wollen, missionieren wollen sie, sie machen ihre übersteigerte Katzenliebe, die eigentlich

eine übersteigerte Eigenliebe ist, zu einer Grundtugend, die von allen geteilt werden muss, und das ist das eigentliche Verbrechen, das ist die Wahrheit und das wissen Sie!

Ingrid Metz-Neun

Meine Katze

Meine Katze Jessica,
die ist einfach wunderbar.
Sie tut nur das, was ihr genehm,
vielleicht ist sie auch nur bequem.

Doch wenn ich einmal kränklich bin,
kommt ihr stets Fürsorge in den Sinn.
Sie sitzt am Bettrand lieb und still,
als ob sie mich beschützen will.

Sie isst mit mir und zwar manierlich,
auch bei Tisch, wie ein possierlich
Wesen, das bei mir zu Gaste sei,
ich finde wirklich nichts dabei.

Nach dem Frühstück, einfach so,
geht sie mit mir auch ins Büro.
Sitzt dann am liebsten neben mir,
ganz so, als sei es ihr Revier.

Und am Abend, gegen acht,
meint sie, es sei nun vollbracht
unser Tagwerk im Büro
oder auch ganz anderswo.

Denn dann legt sie sich recht bräsig,
ohne Hast, aber absolut stetig
und irgendwie auch sehr apart,
quer über den Telefonapparat.

Das heißt: Die Arbeit ist jetzt aus!
Wir gehen hoch in unser Haus.
Und schmusen, knuddeln, machen Quatsch,
manchmal erwischt mich dann ein Tatsch.

Doch ich denk': Wie wär mein Leben leer
ohne Katze, nein, das ging nicht mehr.
Drum genieß' ich jedes Jahr mit ihr,
mittlerweile ist sie ja schon Vier.

Freunde sagen: Sie sieht dir ähnlich,
das find' ich überhaupt nicht dämlich.
Es geht ja nicht um Körperbau,
nein, meine Katze, die ist schlau.

Vielleicht ist sie ja mein zweites Ich,
das würde mich nicht sonderlich
überraschen, denn sie ist ja auch 'ne Frau,
der ich gerne alles anvertrau' .

Hoffentlich bleiben uns noch viele Jahr,
in denen wir als Freundespaar,
das Leben stets gemeinsam leben,
das ist fortan mein ganzes Streben.

Klaus von Puttkamer

Miezi

Ja, hallo und guten Tag, liebe Katzen!

Heute stellen wir euch unsere neue Kollektion „New Miezi“ vor. „New Miezi“ ist das Konzept, *der* Lifestyle für die Katze von heute!

Viele Anforderungen an die moderne Katze haben sich grundlegend geändert. „New Miezi“ ist nichts anderes als ein praktischer, positiver Lebensentwurf, mit dessen Hilfe die Katze alle Herausforderungen des Alltags bestehen und ihre Talente voll entfalten kann!
Katzen werden wieder zu ihrer natürlichen Lebensfreude und einem neuen Selbstbewusstsein finden.
„New Miezi“ gibt der Katze außerdem einen unverzichtbaren Leitfaden an die Pfote, wie man mit Menschen umgeht.

Und hier als erstes die neuesten Trends von „Young Miezi“, für die junge Katze von heute:

Die heranwachsende Katze tritt selbstbewusst auf und provoziert. Das Zerkratzen von Möbeln ist out. Angesagt ist das Herunterwerfen von Tablets oder Smartphones – um dann interessiert die verzweifelten Reaktionen von Herrchen oder Frauchen zu beobachten.

Warnung: Diese Vorgehensweise ist riskant und nicht zu empfehlen, wenn Frauchen gerade frisch verliebt ist und auf den Anruf des neuen Lovers wartet. Dies könnte einen ernsthaften Liebesentzug nach sich ziehen!
Merke: Nicht nur Katzen sind nachtragend.

Und jetzt zu unserer Top-Line in der Kollektion: „Perfect Miezi"!

„Perfect Miezi" richtet sich an die Katze mit gehobenem Lebensstandard – wenn das Dienstpersonal nicht mehr weiß, was es der anspruchsvollen Katze heute servieren darf.
Hier ist sie, die neue Futterkollektion, pardon, der Speiseplan für die erlauchte Samtpfote:
Als erstes haben wir frisches Hack vom japanischen Kobe-Rind. Dann: Nachtigallenzungen aus Süd-Italien, Koi-Karpfen-Sushi und Biberhirn-Carpaccio aus Alaska.
Tipp für das Personal: Bei gedämpfter klassischer Musik aus den 80.000-Euro-Lautsprechern des Entertainment-Centers servieren, und der Elite-Vierbeiner wird es Ihnen danken – die Verwüstungen in Ihrem Luxus-Loft werden sich ab jetzt in Grenzen halten. Denn: Ist die Katze zufrieden, freut sich der Mensch!

Ja, das war's schon wieder von „New Miezi"!
Unsere Beschwerdestelle für unzufriedene Katzen ist 24 Stunden am Tag erreichbar unter 0800 -

777555. Dort werden den Katzenbesitzern auch einträgliche Zeitjobs vermittelt, damit die Katze wieder schnurrt.

Schalten Sie wieder ein, wenn es heißt: „New Miezi“ – alles für die Katz!

Helga Schwemmer

Kattenmusik

De Mond schient hell, de Luft is lau,
Dör't Dörp hööt sööt man sien „Miau".
Op't Dack stolzeert de swarte Koter
Schuult no de Katt dool, mookt Theoter.
De lütte Witte is soo schööн,
He mach ehr ut de Neechte sehn!
De Koter röppt ehr to vun't Wieden
„Aurooоraaa, duu, ick mach di lieden!"
Denn kummt he gau vun't Dack hendool
Un singt dorbi jümmer noch mol
„Aurooora, du, ick bün di hold!"
Sööt antert se: „Ooh duu - Arrnolld".
Wo de Geschicht nu wieder geiht?
Dat – op en annern Zeddel steiht!

Elke von der Heide-Staack

Seelentröster Katze

Heute am Ostermontag, dem 5 April 2021, schaue ich aus dem Küchenfenster – statt Osternestern Graupelschauer und Sturm. Da verkriecht sich wohl jeder Wurm.
Auch ich fühle mich etwas matschig. Wendy, unsere fast siebzehnjährige Katze, verkriecht sich ins Bett, das findet sie ganz nett. Ich geselle mich zu ihr, streichle ihr samtig-weiches Fell. Mich überfällt Traurigkeit, denn vor zwei Monaten verstarb meine achtundneunzigjährige Mutter.
Die Katze räkelt sich und schaut mich fragend an. Katzen und auch andere Tiere haben eine große Gabe, ihren Menschen zu trösten. Mit „Miezen" bin ich aufgewachsen, fühlte mich immer bei ihnen geborgen, wenn Sorgen mich plagten. Ein Leben ohne Katze ist möglich, aber sinnlos. Sowieso finde ich, dass Kinder mit Tieren aufwachsen sollten. Man lernt von klein auf an, wie man richtig mit diesen liebenswerten Geschöpfen umgeht.
Kam ich von der Schule, gab es natürlich zuerst Mittagessen. Danach ging es zusammen mit Purzel und Muhle aufs Sofa. Mittagsruhe war angesagt – total gemütlich und entspannt.
Unsere älteste Katze auf dem Bauernhof wurde damals elf Jahre alt. Traurig war ich immer, wenn eine Mieze verstarb.

Es soll Menschen geben, die sagen: „Es ist ja nur ein Tier.“ Welche Gier und welcher Hass kann in Menschen stecken, die so denken? Ein Tier hält im Sturm zu dir, der Mensch nicht einmal im Winde. Tiere sind Familienmitglieder.
Für mich ist es nun mal die Katze, für viele aber auch der Hund, das Meerschweinchen usw. Tiere streicheln unsere Seele und trösten uns.
Vor einigen Jahren habe ich ein kleines Büchlein geschrieben. Der Titel lautete: „Schnurrendes Glück. Meine größte Liebe Stubentiger Mohrle.“ In diesem Büchlein habe ich den Tod von Mohrle verarbeitet.
Nachdem diese wunderbare, schnurrende Mieze nicht mehr lebte, war ich dem Verzweifeln nah.
Ein Leben ohne Katze ist kein Leben! Nach ein paar Monaten trat ein kleines pechschwarzes Kätzchen in das Leben meines Ehemannes Klaus und meins. Wir nannten es Wendy. Anfangs fauchte und spuckte die Kleine. Doch schon sehr bald fasste sie Vertrauen zu uns.
Wendy mochte gerne im Einkaufskorb hin und her geschleudert werden. „Meine kleine Zirkus-katze“, sagte ich dann.
Sie zeigt uns bis heute niemals die Krallen. Sie schläft gerne im Bettchen und ich halte ihre Pfötchen. So schlummern wir ein.
Morgens um 5 Uhr, oh Schreck nein, ich bin noch müd´, da weckt Wendy mich. Doch ich benötige noch etwas Ruh. Doch die Katze schreit laut in

mein Ohr. Da mach ich mir nichts vor, dann bin ich hellwach. Sie bekommt ihr Futter – doch für mich ist es noch zu früh für die Butter.
Wendy geht aufs Örtchen und macht kleine Törtchen. Danach wird etwas auf der Fensterbank getobt. So startet die Katze froh in den Tag.
Im Sommer klettert Wendy gerne im Garten und macht ein Nickerchen auf den Gartenstühlen.
Oh, wo ist die Zeit geblieben? Sie war eben noch so klein und nun ist sie schon siebzehn, umgerechnet ins Menschenalter: vierundachtzig Jahre!
Wendy, wir lieben dich!

Elke von der Heide-Staack

Katzen

Menschen – schaut an die geschmeidigen Tiere,
sie machen Fratzen
und zeigen manchmal ihre Tatzen,
sie knurren und schnurren,
sie sind mitunter ein Dieb,
ansonsten sehr lieb.

Sie bringen Harmonie,
das sage ich ganz ohne Ironie.

Es ist kein Scherz,
sie spüren wie du, Mensch, den Schmerz,
zeig mehr Herz.

Drum sage niemals,
es ist ja nur ein Tier!

Elke Strackenbrock

AbraKadabra

AbraKadabra, dreimal schwarzer Kater
Hokuspokus fidibus.
Fisch in Aspik mit Katzenmusik,
Simsalabim, ergibt keinen Sinn!

AbraKadabra, dreimal schwarzer Kater
Zapzarazap,
Schabernack im Huckepack
Welche Katze steckt im Sack?

AbraKadabra, dreimal schwarzer Kater
Katzenaugen funkeln.
Doch ist der Spruch zu ungenau
bleibt alles im Dunkeln!
Denn nachts sind alle Katzen grau!

Heiko Thomsen

Der postpandemische Panther

Als Herr Müller, dieser Langweiler, anfing, das Gedicht an die Tafel zu schreiben, überkam Hanna ein merkwürdiges Gefühl. Sie erinnerte sich, dass ihre Mutter sie damals zu dieser Party mitgenommen hatte, weil der Babysitter nicht gekommen war. Es war eine Geburtstagsparty gewesen. Sie waren lange mit der Straßenbahn gefahren, bis zu einem Wohnblock am Stadtrand, und dann einige Stockwerke nach oben gestiegen. Auf der Feier war sie fehl am Platz gewesen. Das einzige Kind unter lauter Erwachsenen, die bunte Getränke tranken und immer alberner wurden. Sie kannte niemanden außer Mama und der Gastgeberin, Mamas Freundin Doreen, und war froh, dass sie von niemandem angesprochen wurde. Am liebsten wäre sie zu Hause geblieben und mit ihrem Kater Lorenz auf dem Schoß vor dem Fernseher eingeschlafen, aber Mama hatte nichts davon hören wollen. Hatte sie mitgeschleppt, keine Widerworte, basta, und Hanna hatte sich gefügt. Anfangs hatte sie noch mit ihrem Malblock in der Küche gesessen, aber als dann immer mehr Gäste gekommen waren, hatte sie sich mit einer Tüte Chips ins Nebenzimmer zurückgezogen. Dort hatte sie sich in einen Sessel fallenlassen, der in der Ecke stand. Ab und zu ging die Zimmertür kurz auf und eine Jacke oder ein Mantel flog herein und blieb auf dem großen Haufen auf Doreens Bett liegen. Weil Hanna das Licht nicht angeschaltet hatte, war sie von niemandem bemerkt worden. Ihre Mutter hatte sie wohl noch nicht vermisst, sonst wäre sie sicher schon einmal hereingekommen und hätte nach ihr gesehen. Als die Chipstüte leer war, hatte Hanna sich gefragt, wie lange sie wohl noch auf dieser Party bleiben würden. Sie wollte gerade zu ihrer Mutter in die Küche gehen, da war auf einmal dieser Typ ins Zimmer gekommen und hatte sie angeschnurrt. Zuerst hatte sie noch versucht, ihn zu ignorieren, hatte ihren Kopf weggedreht, aber er war hartnäckig und ließ sich nicht abwimmeln. Er hatte sie nach ihrem Namen gefragt und ihr auch gesagt, wie er hieß. René oder Rainer. Irgendetwas stimmte nicht mit ihm. Er war ihr schon in der Küche aufgefallen. Da hatte er mit einer Bierflasche vor der geschlossenen Balkontür gestanden und ins Dunkle gestarrt. Gesprochen hatte er mit niemandem. Während die anderen Gäste sich alle schick gemacht hatten für die Feier, wirkte er, als wäre er gerade erst aufgestanden oder von einer langen Reise zurückgekommen. Sein Haar fiel ihm in Strähnen ins Gesicht und sein Hemd hing aus der Hose. Die oberen Knöpfe hatte er offen gelassen, sodass sie seinen Bauchnabel sehen konnte, als er sich über sie beugte und sie wieder anschnurrte. Diesmal mischte sich jedoch ein leises Fauchen in seine Stimme und er wischte ihr mit seinen Krallenfingern übers Haar.

Einen Augenblick überlegte sie, ob sie aufspringen und um Hilfe rufen sollte, da ließ er aber auch schon wieder von ihr ab, blieb ganz ruhig vor ihr sitzen und ermunterte sie mit einer Kopfbewegung ihm zu folgen. Auf allen Vieren zog er sich aus dem Zimmer zurück, rückwärts und ohne sie dabei aus den Augen zu verlieren. Er schien hervorragend sehen zu können im Halbdunkel des Zimmers. Der Kerl war ihr unheimlich, aber sie folgte ihm – warum, das wusste sie selbst nicht. Folgte ihm ohne ihre üblichen Widerworte, über die Mama sich früher so oft beklagt hatte. Hanna sah kurz zu Herrn Müller auf, der immer noch an der Tafel stand und schrieb, dann schloss sie ihre Augen, senkte den Blick und folgte dem Kerl weiter durch den Flur. Nachdem sie das Schlafzimmer verlassen hatten, hatte er kein einziges Wort mehr gesagt. In der Küche sprang er mit der Geschmeidigkeit einer Großkatze auf die Fläche vor dem Tisch, die dort zum Tanzen freigeräumt war. Die Herumstehenden wichen zur Seite und ihre Gespräche verstummten. Dann begann er, sich langsam im Kreis zu bewegen. Wie ein Löwe oder Tiger in einem Käfig. Nach ein paar Runden hielt er inne und fing so herzzerreißend an zu jaulen, dass Hanna das Bein ihrer Mutter, die das Spektakel mitbetrachtete, noch fester umklammerte. Seine Stimme drang durch Mark und Bein, als er zu sprechen begann:

Mein Blick ist vom Vorübergehn der Stäbe
so müd geworden, daß er nichts mehr hält.
Mir ist, als ob es tausend Stäbe gäbe
und hinter tausend Stäben keine Welt.

Als Herr Müller, dieser Wichtigtuer, die Kreide absetzte und und anfing, das Gedicht von der Tafel abzulesen, sprach Hanna lautlos mit. Sie fühlte sich zurückversetzt an jenen denkwürdigen Abend, an dem ihr und den anderen Partygästen eine Lektion erteilt worden war.

Der weiche Gang geschmeidig starker Schritte,
der sich im allerkleinsten Kreise dreht,
ist wie ein Tanz von Kraft um eine Mitte,
in der betäubt ein großer Wille steht.

Sie hatte den Text vor einigen Jahren – es war wohl in der 7. Klasse gewesen – auswendig gelernt, aber erst jetzt, nachdem sie mehrere Monate zu Hause verbracht hatte, konnte sie die Worte wirklich nachempfinden.

Nur manchmal schiebt der Vorhang der Pupille
sich lautlos auf –. Dann geht ein Bild hinein,
geht durch der Glieder angespannte Stille –
und hört im Herzen auf zu sein.

Was ist denn mit Hanna los, wollte Herr Müller von der Klasse wissen. Sie passt ja gar nicht auf. Gefällt ihr das Gedicht etwa nicht? Sie findet Lyrik wohl langweilig? Doch Hanna blickte ihn nur abwesend an. Einen Moment überlegte sie noch, ob sie auf den Tisch springen und ihn anfauchen sollte, entschied sich dann aber dagegen. Dieser Müller checkte doch gar nichts.

Heiko Thomsen

De swatte Katt

De swatte Katt, de kümmt nich her,
se lett sik ok nich bidden.
De swatte Katt, de röhrt sik nich,
blifft op ehr Muer sitten.

De swatte Katt sitt eenfack dor
un dinkt sik ehrn Deel:
Wat will denn düsse Keerl vun mi?
Dor kriggst jo een toveel!

De swatte Katt maakt, wat se will,
denn se versteiht blots Platt.
Se kümmt blots, wenn du Plattdüütsch snackst,
dat is di man sowat!

Gerd Wohlenberg

Gerds Katze

Eine Erklärung, wie sie einer Schrift in einer Vorrede nach der Gewohnheit vorausgeschickt wird – über den Zweck, den der Verfasser sich in ihr vorgesetzt, sowie über die Veranlassungen und das Verhältnis, worin er sie zu andern frühern oder gleichzeitigen Behandlungen desselben Gegenstandes zu stehen glaubt – scheint bei einer philosophischen Schrift nicht nur überflüssig, sondern um der Natur der Sache willen sogar unpassend und zweckwidrig zu sein.

Die Katze leckt sich ihre Ausgänge .

Auch weil die Philosophie wesentlich im Elemente der Allgemeinheit ist, die das Besondere in sich schließt, so findet bei ihr mehr als bei andern Wissenschaften der Schein statt, als ob in dem Zwecke oder den letzten Resultaten die Sache selbst und sogar in ihrem vollkommenen Wesen ausgedrückt wäre, gegen welches die Ausführung eigentlich das Unwesentliche sei.

Auf der Mauer auf der Lauer liegt n grauer Kater.

Das Hauptaugenmerk der CLI SAPI ist die Entwicklung von Kommandozeilenanwendungen. Es gibt einige Unterschiede zwischen der CLI SAPI und anderen SAPIs, welche in diesem Kapitel beschrieben werden. Es ist erwähnenswert, dass CLI und CGI verschiedene SAPIs sind, auch wenn sie viele Verhaltensweisen teilen.

Die Knospe verschwindet in dem Hervorbrechen der Blüte, und man könnte sagen, dass jene von dieser widerlegt wird, ebenso wird durch die Frucht die Blüte für ein falsches Dasein der Pflanze erklärt, und als ihre Wahrheit tritt jene an die Stelle von dieser.

Die Katze tritt die Treppe krumm.

Worin könnte mehr das Innere ausgesprochen sein als in den Zwecken und Resultaten, und bestimmter erkannt werden als durch ihre Verschiedenheit von dem, was das Zeitalter sonst hervorbringt?

MI - A - O - U (5x im 4/4-Takt, wobei die Linke 1x auf den Oberschenkel schlägt und die Rechte 2x den Schreiber auf die Tischplatte fallen lässt).

Wenn aber ein solches Tun für mehr als für den Anfang des Erkennens, wenn es für das wirkliche Erkennen gelten soll, ist es in der Tat zu den Erfindungen zu rechnen, die Sache selbst zu umgehen, und dieses beides zu verbinden, den Anschein des Ernstes und Bemühens um sie, und die wirkliche Ersparung desselben.

Die CLI SAPI ist standardmäßig durch die Option – enable-cli aktiviert, kann jedoch durch Angabe der Option – disable-cli im ./configure-Skript deaktiviert werden.

Der Zweck für sich ist das unlebendige Allgemeine, wie die Tendenz das bloße Treiben, das seiner Wirklichkeit noch entbehrt, und das nackte Resultat ist der Leichnam, der sie hinter sich gelassen.

Soviel Tage haben Jahre, wie die Katz am Schwanze Haare.

Denn statt mit der Sache sich zu befassen, ist solches Tun immer über sie hinaus, statt in ihr zu verweilen und sich in ihr zu vergessen, greift solches Wissen immer nach einem Andern, und bleibt vielmehr bei sich selbst, als dass es bei der Sache ist und sich ihr hingibt.

Wer keinen blassen Schimmer hat, geht auf blauen Dunst auf Wolke 7.

Wird die Erscheinung einer solchen Forderung nach ihrem allgemeinem Zusammenhange aufgefasst, und auf die Stufe gesehen, worauf der selbstbewusste Geist gegenwärtig steht, so ist er über das substantielle Leben, das er sonst im Elemente des Gedankens führte, hinaus, über diese Unmittelbarkeit seines Glaubens, über die Befriedigung und Sicherheit der Gewissheit, welche das Bewusstsein von seiner Versöhnung mit dem Wesen und dessen allgemeiner, der innern und äußern, Gegenwart besaß.

Denapplassi Schalefraßer.

Er ist nicht nur darüber hinausgegangen, in das andere Extrem der substanzlosen Reflexion seiner in sich selbst, sondern auch über diese. Sein wesentliches Leben ist ihm nicht nur verloren, er ist auch dieses Verlustes, und der Endlichkeit, die sein Inhalt ist, bewusst.

Der Name, der Pfad und das Vorhandensein der CLI/CGI-Binaries hängt davon ab, wie PHP auf dem System installiert wurde. Standardmäßig werden nach dem Aufruf von **make** *sowohl CGI als auch CLI kompiliert und als sapi/cgi/php-cgi beziehungsweise sapi/cli/php in Ihrem PHP-Quellcodeverzeichnis gespeichert.*

Von den Trebern sich wegwendend, daß er im Argen liegt, bekennend und darauf schmähend, verlangt er nun von der Philosophie nicht sowohl das Wissen dessen, was er ist, als zur Herstellung jener Substantialität und der Gediegenheit des Seins erst wieder durch sie zu gelangen. Diesem Bedürfnisse soll sie also nicht so sehr die Verschlossenheit der Substanz aufschließen, und diese zum Selbstbewusstsein erheben – nicht so sehr ihr chaotisches Bewusstsein zur gedachten Ordnung und zur Einfachheit des Begriffes zurückbringen, als vielmehr die Sonderungen des Gedankens zusammenschütten, den unterscheidenden Begriff unterdrücken und das Gefühl des Wesens herstellen, nicht sowohl Einsicht als Erbauung gewähren. Das Schöne, Heilige, Ewige, die Religion und Liebe sind der Köder, der gefordert wird, um die Lust zum Anbeißen zu erwecken, nicht der Begriff, sondern die Ekstase, nicht die kalt fortschreitende Notwendigkeit der Sache, sondern die gärende Begeisterung soll die Haltung und fortleitende Ausbreitung des Reichtums der Substanz sein.

Du schaust mich an mit deinen großen Augen, den Kopf leicht geneigt. Ich frage dich in Gedanken: Wer bist du? Was bist du?
Ich muss für dich antworten. Bist du frei? Freier als ich! Du bist befreit durch den Artikel 20a des Grundgesetzes von 2002. Sind wir gleich. Gleicher als ich bist du. Hat die Katze Gefühle? Wenn Du schnurrst, sind das lediglich biophysikalische Abläufe, die mir Sympathie vortäuschen. Wenn du nachts reglos auf dem Stein verharrst, während ich rastlos durch Gassen streife, auf der Suche nach meinem Schlaf. Siehst du mehr als ich, wenn du hinter mir her tappst bis zu einer unsichtbaren Mauer und wieder umkehrst?
In dir ist ein Geheimnis, oder spiegelst du mir nur meine gespielte Ehrlichkeit. Du und ich sind aus dem gleichen Holz. Wir sind für die allgemeine Welt, wie sie ist, wie geschaffen. Dich schützt das TierSchG. Du kannst es nur nicht wahrnehmen.

Ich kann für dich wahrnehmen. Dafür kannst du Dinge wahrnehmen, die mir verborgen bleiben. Flüchtiges Wesen, das mal hier erscheint und dort wieder verschwindet. Mein Geist ist dem verhängt. Ich bin in der Blase der realen Wahrnehmung. Habe ein Ego, das mit mir spielt. Du tauchst auf aus dem Nichts. Wir tauschen unsere Beobachtungen aus für ein paar Sekunden und weiter gehen Zeit und Raum. Hast du ein Ego, das dir solche Fragen stellt? So schaust du mich an. Während ich mich noch wundere, wo diese Frage her kam, ist sie weg. Ich gebe dir einen Namen, gebe dir einen Charakter, eine Persönlichkeit, mache dich zu einem Kind und damit Kinder zu Tieren. Wir treiben alles Tierische aus den Kindern heraus und überfrachten euch mit kindischen Eigenschaften. Ihr denkt ans Fressen, könnt unsere Gedanken lesen, habt einen Gesichtsausdruck. Zum Beispiel Hunde, die das Aussehen ihrer Herrchen übernehmen, dabei ist es umgekehrt.

Was während make install passiert, hängt davon ab, wie PHP konfiguriert wurde. Wenn bei der Konfiguration eine Modul-SAPI wie z.B. apxs gewählt wurde oder die Option --disable-cgi genutzt wurde, wird die CLI während make install nach {PREFIX}/bin/php kopiert.

Aber wie beim Kinde nach langer stiller Ernährung der erste Atemzug jene Allmählichkeit des nur vermehrenden Fortgangs abbricht - ein qualitativer Sprung – und itzt das Kind geboren ist, so reift der sich bildende Geist langsam und stille der neuen Gestalt entgegen, löst ein Teilchen des Baues seiner vorgehenden Welt nach dem andern auf, ihr Wanken wird nur durch einzelne Symptome angedeutet; der Leichtsinn wie die Langeweile, die im Bestehenden einreißen, die unbestimmte Ahnung eines Unbekannten sind Vorboten, daß etwas anderes im Anzuge ist.

Wenn Sie die Installation des CGI-Binaries überschreiben wollen, verwenden Sie make install-cli nach make install. Alternativ können Sie --disable-cgi in Ihrem configure-Kommando angeben.

Der eine Teil pocht auf den Reichtum des Materials und die Verständlichkeit, der andre verschmäht wenigstens diese und pocht auf die unmittelbare Vernünftigkeit und Göttlichkeit. Wenn auch jener Teil, es sei durch die Kraft der Wahrheit allein oder auch durch das Ungestüm des andern, zum Stillschweigen gebracht ist, und wenn er in Ansehung des Grunds der Sache sich überwältigt fühlte, so ist er darum in Ansehung jener Forderungen nicht befriedigt, denn sie sind gerecht, aber nicht erfüllt. Sein Stillschweigen gehört nur halb dem Siege, halb aber der Langeweile und Gleichgültigkeit, welche die Folge einer beständig erregten Erwartung und nicht erfolgten Erfüllung der Versprechungen zu sein pflegt.

Sie nannten mich Katze. Ich wuchs auf im Außenbezirk der Stadt. In der Jugendgruppe haben sie sich um Ausländer gekümmert und über Ernährung gesprochen. Ohne mich. Ich habe sie gehasst. Ich habe alle Katzen im Viertel getötet und mir aus dem Fellen einen schönen Mantel genäht. Später bin ich eingetreten, und habe bei ihnen mitgemacht, bis ich was zu sagen hatte. Da habe ich sie rausgeworfen und die Gruppe aufgelöst. Also fast. Hat leider nicht ganz geklappt.
Aber irgendwann ...

Sie hätten mich nicht Katze nennen sollen.

Über die Autorinnen und Autoren

Ellen Balsewitsch-Oldach

Jahrgang 1955, lebt und arbeitet als Autorin, freie Journalistin und Verlegerin in Meldorf an der Westküste Schleswig-Holsteins. Ihre Kurzgeschichten sind in Anthologien verschiedener Verlage, in Literaturzeitschriften sowie in einem Band mit eigenen Kurzkrimis erschienen. Sie ist Gründungsmitglied und Moderatorin des norddeutschen Literaturnetzwerkes Textfabrique51 und der Autorengemeinschaft WattLiteraten.

www.textfabrique51.de
www.wattliteraten.jimdo.com

Dirk-Uwe Becker

geboren 1954 im rheinischen Mönchengladbach, lebt als Autor, bildender Künstler und Sammler in Dithmarschen an der Westküste Schleswig-Holsteins. Er hat sechs Lyrikbände veröffentlicht, schreibt Lyrik und Prosa und hat zahlreiche Beiträge in Literaturzeitschriften und Anthologien im In- und Ausland veröffentlicht. Er ist Gründungsmitglied des norddeutschen Literaturnetzwerkes Textfabrique51 und der Autorengemeinschaft WattLiteraten.

www.textfabrique51.de
www.wattliteraten.jimdo.com

Felix Bienwald

Lebt in Hamburg ...

Ulrich Borchers

schreibt seit über zehn Jahren Kurzgeschichten, von denen zahlreiche veröffentlicht und prämiert wurden.

Inzwischen hat er vier eigene Kurzgeschichtenanthologien veröffentlicht.

www.ulrichborchers.jimdofree.com

Marianne Hahn

1957 in Brunsbüttel geboren, dort aufgewachsen und bis heute ihrer Heimat treu geblieben. Sie arbeitet – noch – in ihrem Beruf als Medizinische Fachangestellte. Seit Jahren schreibt sie Kurzgeschichten, Gedichte, Limericks und Kurzkrimis, von denen einige in Zeitungen und verschiedenen Anthologien veröffentlicht wurden. Sie ist Gründungsmitglied der Autorengemeinschaft WattLiteraten.

www.wattliteraten.jimdo.com

Werner Hajek

ist Journalist und Buchautor. Seine Berichte, Reportagen und Erzählungen sind geprägt durch seine Freude an ungewöhnlichen Themen und seine Begeisterung für besondere Menschen.

www.werner-hajek.de

Ulla Knütel

Fotografin und Malerin, zog 1994 aus Hamburg nach Oldenswort auf Eiderstedt, wo sie seitdem als Künstlerin lebt und arbeitet. Seit 2013 ist sie auch schriftstellerisch tätig und hat seitdem zahlreiche Erzählungen und mehrere Romane veröffentlicht.

Birgit Martina Krämer

geboren 1962 in Wolfsburg, interessiert sich seit frühester Jugend für Sprache und Literatur. Als freischaffende Friseurin genießt sie es, mit Menschen in den Dialog zu treten, gleichzeitig lässt ihr die Tätigkeit den intellektuellen Raum für private Studien im Bereich

Kunstgeschichte, Linguistik, Psychologie bis hin zur Quantenphysik. Birgit Martina Krämer nennt ihre nicht akademische, insofern völlig freie Vorgehensweise „Zufallsbildung". 2017 veröffentlichte sie „Sequenzen des Seins – Kaleidoskop eines Künstlerlebens", die (Nicht-)Biografie der in Deutschland lebenden russischen Malerin Larissa Strunowa-Lübke.

Alexander Krüger
wurde 1969 in Hannover geboren und studierte nach dem Abitur in Marburg an der Lahn und, unterbrochen von einem Jahr als *Teaching Assistant* in Sunderland (Nordostengland), in Hamburg. Er lebt mit Familie als Deutsch- und Englischlehrer in Hamburg und hat eine Vorliebe für Thomas Bernhard. Dies ist seine erste Publikation. Zurzeit schreibt er einen Roman, der auf Sansibar spielt.

Ingrid Metz-Neun
Nach einem sehr „bunten" Leben als Schauspielerin, Werbe-, Synchron- und Voice over-Sprecherin, Studio- und Boutiquebesitzerin, verbringt sie jetzt jede freie Minute – neben Garten- und Hausarbeit, unterbrochen von Strandspaziergängen, kleinen Radtouren und Reisen – mit dem Schreiben von Kurzgeschichten, Gedichten und Romanen – „Lebensgeschichten" über Menschen, keine Thriller, kein Science fiction, keine Krimis oder Liebesgeschichten.

www.ingrid-metz-neun.de

Klaus von Puttkamer
1967 geboren in Frankfurt am Main. Eigentlich mehr in der Musik zuhause. Gelegentliche Ausflüge in die schreibende Zunft aus Liebe zur Sprache. Vorliebe für

Kurzgeschichten, kurze Gedichte. Am liebsten die Dinge auf den Punkt bringen mit wenigen Worten.

Helga Schwemmer
1937 zwischen Marne und Sankt Michaelisdonn geborenen, lebt sie heute in Schmedeswurth. Sie setzt sich intensiv für die plattdeutsche Sprache ein und hat in mehreren Büchern zahlreiche plattdeutsche Döntjes veröffentlicht, außerdem – in Hochdeutsch – einen biografischen Roman über eine Jugend in der DDR.

Elke von der Heide-Staack
1958 in Busenwurth geboren. Ihre Lieblingsbeschäftigungen sind Lesen, Schreiben und die Mitwirkung als Komparsin beim Film, außerdem liebt sie das Baden in der Nordsee. Wichtig ist ihr auch ihre Mitgliedschaft beim Weißen Ring. Sie ist verheiratet und lebt mit Ehemann und Katze Wendy in Busenwurth. 2007 erschien von ihr ein Katzenbüchlein.

Elke Strackenbrock
Jahrgang 1966. Aufgewachsen in einem Forsthaus bei Goslar/Harz, lebte anschließend lange in Berlin und wurde schließlich nach Meldorf/Dithmarschen verschleppt. Liebt absurde bis skurrile Geschichten. Heute Domtöse der Utsch-Crew – ein Klappmaul-Puppenensemble mit derzeit fast 40 Puppencharakteren. Neben Puppenbau und Puppenspiel beschäftigt sie sich sehr viel mit Musik auf nicht so bekannten Instrumenten. Spielt verschiedene Akkordzithern, unterschiedliche Glocken und lernt Ngoni. Manchmal zeichnet sie auch.

Heiko Thomsen
geboren 1967 in Glückstadt; aufgewachsen in Kremperheide (Kreis Steinburg); Abitur in Itzehoe; Lehramtsstudium mit den Fächern Deutsch und Englisch, seit 1996 im Schuldienst. Lebt und arbeitet in Hamburg. Herausgeber des Sammelbandes *Tellingstedt & der Weg dorthin* (zusammen mit Ulrich Klappstein, Neisse 2016); im Anschluss daran erste Veröffentlichungen im *Schauerfeld, Bargfelder Boten* und *Binneboom*. Wahldithmarscher und Plattsnacker. Mitglied in mehreren literarischen Gesellschaften. Seit Herbst 2017 Redakteur des *Quickborn*, der vierteljährlich erscheinenden Zeitschrift der gleichnamigen Vereinigung für niederdeutsche Sprache und Literatur e. V.

Gerd Wohlenberg
1957 als Ältester von Vieren in der Vitt bei Marne geboren, gibt sich Mühe, das Klischee eines echten Dithmarschers nicht zu bedienen. Der Vater war Kriegsinvalide, die Mutter Flüchtling aus Pommern. Das erste Gedicht schrieb er mit neun oder zehn Jahren für seine Tante „Ann-Tant“ aus Dahrenwurth, die ihn dazu ermunterte. Viele Texte entstanden in der Zivildienstzeit 1979. Er ist Gewinner des Preises Freier Radios Schleswig- Holstein „Die Hörmöwe“ mit der „Schlacht von Hemmingstedt“. Das Heft „Bin bei mein Willem bis Mitternacht – Widerstand und Verfolgung im nationalsozialistischen Meldorf“ entstand in einem Selbstständigmachkurs 2010. Es wird zurzeit für eine Verlagsveröffentlichung überarbeitet. Zur Zeit arbeitet er an einem Folgeprojekt zu demselben Thema.

www.roterhusar.org

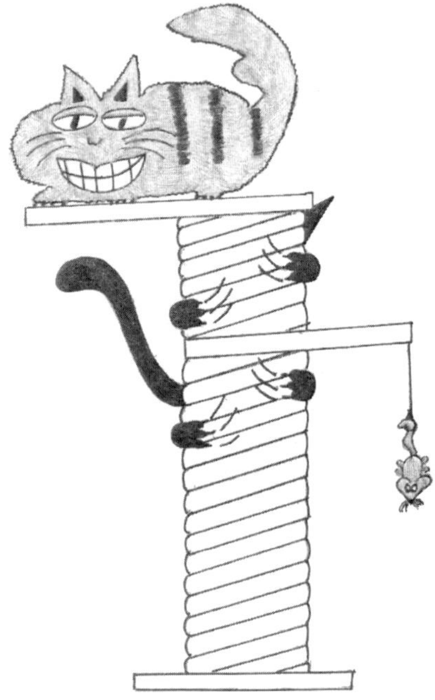